Km 930

Valérie Fayolle

Km 930

roman

PLON
www.plon.fr

92, avenue de France
75013 Paris
Tél. : 01 44 16 09 00
Fax : 01 44 16 09 01
www.plon.fr – www.lisez.com

Dépôt légal : mars 2023
ISBN : 978-2-259-31416-9
Mise en pages : Nord Compo

Note de l'auteure

Une Alfa Romeo Spider qui s'élance à vive allure sur la Route Bleue et emmène sa conductrice dans l'aventure de sa vie.

Un *road trip* à travers la France sur la mythique nationale 7, où défilent les paysages, se bousculent les souvenirs, les rencontres, les incidents de parcours.

Et la musique. Un voyage dans le voyage.

Au fil de l'écriture et de la progression des bornes kilométriques, une bande-son s'est imposée. Des morceaux choisis dans une playlist intime mais aussi des titres originaux écrits et composés spécialement pour cette épopée de Paris vers la Méditerranée.

Tour à tour solaires et crépusculaires, les chansons que vous allez découvrir au fur et à mesure de cette lecture entrent en résonance avec l'histoire et offrent une réverbération aux sentiments éprouvés par l'héroïne.

Avec votre Smartphone, flashez le *QR code* et laissez-vous bercer.

N'hésitez pas à fermer les yeux de temps en temps. Vous verrez, sous les paupières, le travelling continue. Bonne route et profitez bien du paysage.

« La route, c'est la vie. »

Jack Kerouac

« Ne pouvoir vivre qu'une vie,
c'est comme ne pas vivre du tout. »

« Qui cherche l'infini
n'a qu'à fermer les yeux. »

Milan Kundera

Que reste-t-il après l'amour ?

Question vaine.

La seule pourtant qui me traverse l'esprit, chaque soir, après l'amour, dans nos draps défaits. Surtout depuis que Raphaël me tourne le dos dans le lit. Avant, il restait étendu, les bras en croix. La tête inclinée vers moi, ses yeux cherchaient les miens pour s'y noyer. D'un geste, il me ramenait à lui pour que je pose ma joue sur son épaule. Et il sombrait dans le sommeil.

Depuis quelque temps, il s'allonge sur le côté, m'attire toujours à lui pour que mon corps épouse le sien, pour que mon ventre couvre ses reins. L'un contre l'autre, en cuillère, il prend ma main, la serre, l'embrasse tendrement.

Mais il me tourne le dos.

Il s'endort mieux ainsi, dit-il. J'ai du mal à le croire. D'ailleurs, je guette sa respiration.

Il ne s'endort pas.

Moi non plus. Son regard me manque.

Je me demande si dans vingt ans chacun campera de son côté d'un matelas *king size*. Si nos corps rassasiés auront soif de distance pour retrouver leur intégrité.

Aujourd'hui, ils fusionnent, se reconnaissent au moindre effleurement.

Mais demain ?

Je chasse ces idées parasites. Pourquoi chercher des failles là où il n'y en a pas ? Notre voyage est fabuleux.

Saleté d'anxiété ! Elle me rattrape toujours d'une manière ou d'une autre.

Après l'amour, il reste… l'amour. Et une vie entière à inventer, ensemble. Avec Raphaël, c'est aussi simple que cela. Il est ma seule évidence dans un monde peuplé de doutes.

Depuis que je le connais, l'univers s'est rétréci. Nul besoin de sa présence pour ne voir que lui. Il occupe chacune de mes pensées, guide mes décisions, oriente mes choix, jusqu'aux plus insignifiants : mon parfum, mes tenues assorties aux siennes… Je me surprends même à éviter les tics de langage qui lui déplaisent ou à faire semblant d'apprécier les saveurs que je déteste : la coriandre dans la salade, le pastis dans les crevettes sautées parce que « fais-moi confiance, Lisa, le pastis laisse un petit goût sucré dont les papilles gustatives se délectent une fois que les crevettes ont flambé ». Certes, mais j'ai une sainte horreur de l'anis et manger des crevettes est déjà un effort.

C'est déconcertant, cette aliénation de la personnalité sacrifiée sur l'autel du sentiment amoureux. Ou peut-être est-ce le sexe qui impose sa tyrannie. La prescience que le désir ne dure qu'un temps et qu'il vaut mieux souffler dans la bonne direction pour ne pas affaiblir la flamme.

Je devrais m'inquiéter, nourrir d'autres horizons. Non. Raphaël est la seule montagne que j'ai envie de gravir. Depuis deux ans, j'en explore chaque face sans jamais me lasser.

Sur ce point, notre cordée est solide. Raphaël déteste que nous soyons séparés. Même le temps d'une soirée. « Plus il y a d'espace entre nous et moins je respire », m'a-t-il récemment avoué.

Mais il me tourne le dos.

Au coucher. Au réveil.

Et son regard me manque.

Les rais de lumière à travers les persiennes annoncent un nouveau jour. Un jour de moins. Comme les enfants qui redoutent la fin des vacances, chaque matin, je ne peux m'empêcher de faire le compte à rebours de notre voyage. Plus que quatre jours avant de rentrer à Paris. Cette parenthèse, dont nous avons rêvé pendant des mois, s'écoule trop vite.

Raphaël a tout organisé. Il a pensé au trajet, aux haltes, aux réservations d'hôtel. Il a même repéré, sur la route, tous les garagistes en cas de problème avec la voiture. Mon Alfa Romeo Spider a fière allure mais, avec une direction capricieuse, elle tire à droite. Il faut une main de fer pour la conduire et s'arrêter de temps en temps pour vérifier que tout est en ordre sous le capot.

Depuis que nous sommes arrivés à Lyon, le seul endroit que nous avons vraiment exploré, c'est cette chambre 28 de la Cour des Loges. Je ne peux me résoudre à la quitter. J'entends déjà les femmes de ménage s'activer dans le couloir. Dans deux heures à peine, nous devrons partir.

Je veux laisser une trace de notre passage. Que les murs épais de ce palais de la Renaissance en bordure de la Saône se souviennent de nos jeux érotiques. De notre alchimie. J'ai toujours eu de l'imagination pour sacraliser les moments qui comptent. De l'imagination à revendre même, qui inquiète parfois Raphaël. Sa plus grande crainte est qu'un jour je m'ennuie avec lui. Que je le trouve insipide, sans fantaisie.

Aucun risque. Ça n'arrivera pas.

Sa sérénité, sa capacité à être dans l'instant sans éprouver la nécessité de le sublimer par un quelconque artifice, son naturel contemplatif sont autant de refuges pour mon esprit tourmenté. Raphaël est ancré – comme tous les gens bien nés qui ont eu l'assurance d'être aimés dès leur premier souffle de vie – et cela me rassure.

Entre nous, il n'a jamais été question de mariage. Trop conventionnel, trop formel. Nos vœux de nous aimer pour le meilleur et pour le pire, nous les renouvelons chaque jour dans l'intimité. Mais il faut bien reconnaître que cette semaine à parcourir la France du nord au sud a des airs de voyage de noces après notre installation commune sous les toits du 6e arrondissement. Et puisque c'est ainsi, il me faut un geste fort, symbolique.

— On reviendra, n'est-ce pas ? Dans dix ou quinze ans ? Pour nous souvenir ? Tu me promets ?

— Bien sûr. En attendant, fais tes bagages. Je te rappelle que je t'ai réservé un massage à onze heures, ensuite il faudra filer, répond Raphaël, qui s'est levé et commence à empiler des affaires dans son sac.

— Je me dépêche, mais on ne quitte pas cette chambre sans avoir scellé de pacte.

— Qu'est-ce que tu vas encore inventer ?

— Tu prends une feuille de papier, tu y écris trois vœux : un pour toi, un pour moi et un pour nous. J'en fais autant. Ensuite, on cache nos petits mots sous l'armoire, là-bas. Dans quelques années, on reviendra et on exhumera notre secret. On verra bien si nos souhaits se sont réalisés.

Raphaël éclate de rire. Ses yeux brillent.

— Dans un hôtel d'un tel standing, mon ange, les chambres sont sans cesse restaurées, les meubles déplacés. Et ne va pas imaginer que le ménage ne sera pas fait sous les armoires. Jamais on ne retrouvera quoi que ce soit.

— Je suis prête à prendre le pari. Qu'est-ce qu'on risque ?

Sans attendre la réponse de Raphaël, je saisis le bloc-notes mis à disposition sur le bureau. J'en détache une feuille que je lui tends avec un crayon. Pas question qu'il se dérobe.

— J'espère que tu as de grandes ambitions pour nous. Ne me déçois pas. Je veux la dolce vita tous les jours, rien d'autre !

J'ouvre la fenêtre pour laisser pénétrer le soleil. Les odeurs de lavande se mélangent aux effluves de jasmin et embaument notre suite. D'ici, la vue sur les jardins suspendus qui flottent entre ciel et terre est presque irréelle. Une oasis de verdure en plein cœur de la ville. Raphaël a décidément le goût des belles choses.

Je prends place sur la chaise en bois laqué juste devant le bureau. Une brise, à la fois tiède et douce, caresse ma peau et me fait frissonner. Je puise dans mon désir de vivre avec Raphaël une inspiration qui me dépasse. Les mots jaillissent de l'intérieur et s'imposent sur le papier, sans retenue. Je suis grisée par cette écriture intuitive. Le stylo est le prolongement de mon être. Je pourrais noircir des pages entières. Mais je respecte les limites de l'exercice : un souhait pour moi, un pour lui, un pour nous. Je n'ai jamais ressenti une telle jubilation à écrire. Je m'arrête un instant sur cette émotion nouvelle. J'essaie de la retenir, pour ne pas l'oublier. À l'avenir, il faudra que je la ressuscite.

Mon inspiration contraste avec l'air renfrogné de Raphaël. Une expression soudaine, inhabituelle. Il n'a toujours pas écrit une ligne. Sombre comme la mine de son crayon.

J'entends un grondement au loin. Des nuages gris se rapprochent. Le temps tourne à l'orage. Je perçois, à présent, aussi nettement que ce ciel menaçant, une gêne chez Raphaël. Plus elle me frappe et plus le nœud qui s'est formé dans mon plexus grandit. Mon corps se raidit. En quelques secondes à peine, l'air a changé. Mon humeur aussi.

J'essaie de me raisonner, d'être tolérante ; chacun réagit à sa manière. Mais je ne comprends pas son manque d'enthousiasme. Pourquoi ce qui est si facile pour moi est-il si difficile pour lui ? Il me fait penser à un joueur de poker qui, tout à coup conscient des enjeux, hésite à miser, pèse le pour et le contre pour savoir s'il reste ou non dans la partie. Mais je ne veux pas dramatiser. Il a peut-être besoin de hiérarchiser ses envies.

— C'est si compliqué de te projeter avec moi ?

— Ne dis pas de bêtises. Je veux le meilleur pour nous, c'est pour ça que je prends mon temps.

Raphaël consulte sa montre et poursuit :

— C'est l'heure de ton massage. Dépêche-toi de revenir. À ton retour, j'aurai fini d'écrire. Et à nous la Grande Bleue.

Impossible de me laisser aller aux mains expertes de la masseuse. Mes muscles sont tendus. J'aimerais étouffer cette petite voix qui m'empoisonne et me murmure que quelque chose ne tourne pas rond. Qu'elle se taise, cette furie. Parce que tout va bien. Tout va même parfaitement bien. Aucune ombre au tableau. J'aime Raphaël. Raphaël m'aime. Nous venons d'emménager ensemble. L'avenir nous appartient.

Nature de merde.

Toujours à chercher la petite bête.

Je pense à mon mot, plié en quatre, laissé sur le bureau. J'espère que Raphaël n'aura pas la tentation de l'ouvrir. Non, cela ne lui ressemble pas. Et quand bien même il serait indiscret, je n'ai pas à rougir de mes désirs.

Raphaël a bouclé nos valises, prenant soin de laisser sur un cintre une robe rouge carmin et des sous-vêtements minimalistes pour le voyage. En sortant la tête de l'encolure de ma robe que j'enfile avec le plus grand mal – Raphaël a choisi la plus sexy de mon vestiaire, qui est aussi la plus moulante et la moins adaptée aux trajets en voiture –, je constate que mon mot a disparu.

— Où as-tu mis mes vœux ?

— Avec les miens, sous l'armoire. Ce n'était pas ça, l'idée ?

— Tu ne m'as pas attendue ? Je peux aller voir ?

— Tu ne me fais pas confiance ?

Je ne sais pas quoi répondre. Il me brûle de regarder sous l'imposant meuble Louis XV, pour m'assurer que nos petits mots y sont bien cachés. Que notre secret ne risque pas de s'envoler. Mais ce serait indélicat de mettre la parole de Raphaël en doute. Et puis cette robe est bien trop moulante pour que je m'agenouille.

Un portier frappe à la porte.

— Puis-je descendre vos bagages, madame, monsieur ?

Avant de quitter la chambre 28, je me retourne une dernière fois sur notre nid d'amour qui bientôt accueillera d'autres corps impatients, d'autres rêves éveillés, d'autres passions que les nôtres. J'en éprouve une certaine amertume. Je passe en revue la mezzanine, les tentures de lin, le bureau noir ébène, le lustre de cristal, l'estrade sur laquelle trône notre lit à baldaquin, pour photographier chaque détail de ce tableau florentin, en quête d'un signe, d'une prophétie qui me confirmeraient qu'un jour nous serons de retour.

La porte de la suite se referme sur nos serments clandestins. J'aimerais que mon pas soit léger, mais la descente du grand escalier de la Cour des Loges est un au revoir douloureux. Sans me regarder, Raphaël attrape ma main et la serre d'une poigne inhabituelle. Je suis assiégée par une appréhension qui vient du fond de mes entrailles. Elle me submerge jusqu'à m'envelopper tout à fait. Je peine à reconnaître cette sensation. Elle résonne comme un avertissement sur un grand écran noir.

J'ai peur. Voilà, c'est ça. J'ai peur. Du silence tout à coup. De nos regards qui ne se croisent pas.

À mon tour, je serre la main de Raphaël, où je sens battre son cœur, lourd, comme le mien.

Dehors, nous attendons que le voiturier avance la Spider. Le portier suggère que nous restions à l'abri, il va bientôt pleuvoir. Je préfère patienter au grand air, prendre le pouls de cette météo hasardeuse. Le vent souffle dans toutes les directions et s'engouffre dans les artères de la ville. Il charrie des nuages de poussière. Pour ne pas être aveuglée, je cache mon visage dans mon avant-bras lorsque j'entends le crissement strident des freins d'une voiture, suivi de hurlements. Quand j'ouvre les yeux, un enfant est à terre. Des passants se sont massés autour de lui. Raphaël hurle à l'intention du portier :

— Le 15, appelez le 15 ! Appelez les pompiers immédiatement ! Un enfant a été renversé.

Le jeune garçon a douze ans tout au plus. Il est agité et insiste pour se relever malgré les protestations des badauds. Il est beau, debout au milieu de la foule, avec ses cheveux ondulés qui tombent sur ses épaules et ses yeux clairs écarquillés à la recherche d'une figure familière. Des voix émergent du brouillard de poussière dans un écho assourdissant : « Quelle frayeur, sacré gamin, il n'a pas fait attention en traversant ! », « Heureusement que le conducteur s'est arrêté à temps, il s'en est fallu de peu… », « Il a eu peur le gosse, Dieu merci, il n'a rien, la voiture l'a à peine effleuré. »

Une nouvelle rafale de vent me précipite dans les bras de Raphaël pour protéger mes yeux. J'entends au loin la sirène des pompiers et ses paroles à mon oreille, telle une profession de foi.

— Je ne veux pas d'enfant. Jamais.

J'ai d'abord cru que j'avais mal entendu. Que les mots de Raphaël ne m'étaient pas destinés. J'ai voulu les dissoudre dans la clameur de la rue. Mais ils avaient été prononcés avec une telle intensité, une telle profondeur, que leur sens véritable ne pouvait m'échapper. Je me les répète, à présent mentalement, un à un ; ils cognent contre les parois de ma tête jusqu'à former cette phrase insondable : « Je ne veux pas d'enfant. » Pour m'en détacher, je me concentre sur les bruits extérieurs. Sans les voir, je devine les sanglots du jeune garçon. Ils me hanteront longtemps. Je ne le sais pas encore, mais ils me parlent déjà d'une autre histoire.

Notre histoire.

Mon histoire.

20 ans plus tard…

Je m'étais arrêtée net devant cette faille dans le trottoir. Il y avait un trou, là, juste devant moi. Enfin, un « trou », un décrochage plutôt. Une pierre manquante qui m'avait contrainte à suspendre ma course. Dommage, j'avais le bon rythme et, surtout, j'avais réussi à marcher pendant de longues minutes, juste au bord, sur la petite bande de granit, sans perdre l'équilibre, sans toucher l'asphalte.

Marcher ainsi me permet de penser à des futilités en restant éloignée de l'essentiel. Il y a un côté obsessionnel dans l'exercice. Conjuratoire aussi. Je me disais : « Si tu atteins le prochain croisement sans tomber, ce voyage sera un nouveau départ, si tu trébuches, ma vieille, prépare-toi aux embûches. » Le défi n'avait aucun intérêt. Il était même un peu masochiste, mais il me détournait de toute pensée anxiogène, et elles étaient quelques-unes à malmener mon estomac.

Je me concentrais sur mes pas en me focalisant sur une chose qui m'a toujours navrée : j'ai le pied large, l'héritage de mes années de gymnastique à m'agripper à la poutre avec mes orteils. On ne peut pas tout avoir. Le pied menu qui glisse dans le soulier de Cendrillon et qu'on laisse négligemment échapper d'un drap de soie. Et le pied palmé qui permet de marcher sur la bordure du trottoir sans tomber mais qu'on laisse au chaud sous la couette.

À choisir, j'opte pour l'équilibre. Tant pis pour les escarpins pointus. L'équilibre peut s'avérer utile, surtout par gros temps, quand vous tanguez si fort que le sol se dérobe. Dans cet abîme-là, lorsque tout se met à tourner, il est rassurant de savoir qu'on a les deux pieds bien ancrés dans le sol et qu'on ne va pas flancher.

J'ai la fâcheuse manie de transformer les petits riens en grands obstacles. En ce samedi chaud et sec, j'observais cette brèche dans le trottoir comme s'il s'agissait d'un puits sans fond. Et soudain, il m'était devenu presque impossible d'avancer. Cela m'arrivait parfois. De moins en moins souvent, heureusement. Il fallait que je m'accroche à une idée, n'importe laquelle, alors j'ai observé de plus près la fêlure. Sans doute avait-elle gagné du terrain au fil du temps. Et elle allait continuer à creuser son sillon, mais il suffisait de l'enjamber pour passer de l'autre côté.

De l'autre côté, la route se poursuivait.

La route se poursuit toujours.

M. Maurice se tenait devant le garage, un mégot de cigarette roulée à la bouche. Son sourire laissait apparaître une dentition clairsemée. J'oscillais entre un certain dégoût et une franche empathie, parce que au-delà de ses dents jaunies par la nicotine et la caféine, dans son sourire, se reflétaient les vestiges de l'enfance, des yeux rieurs et des bras tendus.

— Je vous attendais, Mme Renoux. Je l'ai bichonnée, votre vieille décapotable. Regardez, plus une trace de rouille, c'est un miracle.

Il m'invita à entrer dans son atelier et se dirigea vers ma voiture. Elle était recouverte d'un drap qu'il ôta d'un geste solennel, presque théâtral. Je découvris ma vieille amie. Une amie imprévisible qui vous lâche parfois mais qui traverse les années sans perdre de sa superbe, prenant même de la valeur. Je l'avais achetée après avoir décroché mon permis. Sans doute fallait-il à vingt ans une certaine arrogance pour se glisser au volant d'une sportive italienne. Un snobisme précoce pour les uns, un caprice juvénile pour les autres. Moi, je voulais une voiture unique. À cet âge où tout est possible, où chaque sensation vous traverse et vous bouleverse, où rien n'est trop grand, trop haut, j'avais décidé que ma vie serait extraordinaire, au sens premier du terme. Ce n'était pas un excès de zèle. Seulement le souhait de m'éloigner des sentiers battus. Que restait-il aujourd'hui de cet idéal ?

En caressant la carrosserie impeccable, rouge sang, de mon petit bolide, je m'apercevais que mes vingt ans étaient loin. Lorsque les émotions s'émoussent, si la plupart des gens entrevoient une sagesse qui vous ouvre les portes de la sérénité, je n'envisageais, pour ma part, qu'un paradis perdu que je contemplais à distance avec nostalgie.

M. Maurice se racla la gorge. Depuis mon arrivée, je ne lui avais presque pas adressé la parole. Il prit l'initiative.

— Vous vous souvenez de la réaction de vos parents quand vous êtes venue chercher la voiture, il y a combien ? Vingt, vingt-deux ans ?

— Vingt-cinq... Oui, je me souviens, ils étaient fous de rage.

Pour mes parents, qui menaient une vie confortable en banlieue, acheter une Spider, c'était comme vouloir sauter à l'élastique, habiter dans un loft aux Batignolles, aimer la nouvelle cuisine, fabriquer son pain sans gluten, porter des lunettes en bois recyclé... Bref, cultiver un côté bobo parisien très éloigné de mon éducation. « Tu es tellement prout-prout », disaient-ils. Mais j'avais gagné le droit de convoiter cette voiture après avoir travaillé toute l'année scolaire et tout l'été. Je n'avais d'ailleurs pas hésité à vider le compte d'épargne qu'alimentaient mes grands-parents chaque Noël et chaque anniversaire. Je m'étais offert ma liberté.

Je voulais quitter la banlieue à tout prix. Trop loin. Trop calme. Trop à l'écart. Trop de lignes à haute tension qui barrent le paysage. Trop de pavillons qui le défigurent. Et ces gens collés-serrés qui se ressemblent, s'assemblent. Qui se reniflent et finissent par tout savoir les uns des autres.

Je ne me voyais pas tourner autour du même rond-point toute ma vie. Freiner dans les mêmes culs-de-sac.

Pour nourrir des idées audacieuses et créatives, il fallait vivre dans un quartier bouillonnant. À Paris, évidemment. Aujourd'hui, j'en suis revenue. Si j'aime toujours autant la capitale, le calme me semble être un luxe indispensable.

Au volant de mon cabriolet, j'avais donc fui ce que je considérais être un tombeau à ciel ouvert. Mes parents avaient des arguments recevables. J'étais incapable de les entendre. Pour eux, l'acquisition d'une voiture de collection était ridicule, un gouffre financier. Ils m'avaient alloué un petit budget pour me loger près de Sciences Po, où j'essuyais les bancs des amphithéâtres. J'aurais pu m'offrir un studio. J'avais préféré une chambre de bonne. Et un parking pour ma Spider.

Ils ont failli en faire une jaunisse. Avec le recul, je leur donne raison. Une voiture à Paris, c'est un non-sens. Une absurdité. D'ailleurs, la décapotable sommeille depuis des années maintenant, en banlieue, chez M. Maurice, qui en prend soin comme de la prunelle de ses yeux, moyennant un loyer modique, et à condition de pouvoir rouler avec, de temps à autre.

— J'ai fait quelques kilomètres hier. Elle file comme sur des rails. Je sais à quel point vous y tenez. Vous êtes certaine de vouloir la vendre ?

— Certaine. Avec un pincement au cœur, mais elle appartient au passé.

— C'est un long trajet. Elle n'en a pas assez sous le capot pour prendre l'autoroute. Va falloir emprunter la nationale. La bonne nouvelle, c'est que jusqu'à Nice, c'est la même : la N7.

— Je connais la route, vous n'avez pas oublié ?

Je ne pourrais dire qui de nous deux était le plus ému. Il devait pressentir, comme moi, que nous ne nous reverrions pas. Seule cette vieille Alfa nous réunissait. Au fil des années, il avait gardé un silence pudique et une distance dont je le remerciais. Il connaissait mon attachement à cette voiture. Il ne pouvait ignorer ce que signifiait pour moi de la céder. Il avait eu la délicatesse de ne pas prononcer les mots qui blessent et qui sèment le doute.

— Sur la route, si vous avez le moindre pépin, vous m'appelez, OK ? J'ai fait au mieux : j'ai changé l'allumage et le carburateur, vérifié les circuits électriques et remis le moteur aux cotes de l'époque. Ça devrait être bon.

— Je vous appellerai, même si tout va bien.

Je savais que je n'appellerais pas. Mais j'avais du mal à quitter les lieux et M. Maurice. Tourner les talons, laisser derrière moi ce garage où je m'étais rendue tant de fois, annonçait le début du voyage. Le premier pas vers la séparation.

Il me tendit les clés avec son grand sourire qui semblait m'encourager.

— Faites attention sous la pluie, elle n'est pas très fiable dans les virages, même si j'ai changé les pneus. Et elle tire toujours un peu à droite.

Nous nous étions regardés un long moment. Il portait son bleu de travail noir de cambouis. Ses doigts et ses ongles étaient crasseux. J'avais hésité avant de le prendre dans mes bras et de lui murmurer « merci » à l'oreille. Je m'en voulais de ne pas réussir à exprimer davantage ma gratitude. De ne pas être plus chaleureuse. Avant de m'approcher de lui, j'avais d'abord considéré ses dents, puis son accoutrement. Il m'avait ensuite fallu dépasser une certaine aversion pour réussir à l'enlacer. Et dans cette courte étreinte, je n'avais pas pu m'empêcher d'être raide. Cette raideur, je la connaissais bien. Elle me faisait horreur. Était-elle inscrite dans mes gènes ? Le fruit de mon éducation ? Je m'étais toujours sentie empêtrée avec les corps. Avec les accolades. À la maison avaient jailli des rires, des cris et des larmes. Jamais d'effusions. Le contact physique, personne ne me l'avait enseigné. Il paraît que ça ne s'apprend pas. Ça devait venir de moi, alors. Mon père m'avait bien prise une ou deux fois dans ses bras, adolescente, mais c'était si rare que cela m'avait semblé étrange et je m'étais sentie telle une momie qu'on aurait corsetée, ne pouvant pas bouger.

Une momie, voilà ce que j'étais.

Froide. Figée. Rigide. Depuis quand ?

La radio diffusait une chanson qui parlait d'une époque révolue, d'un Paris disparu. Un air nostalgique comme un coup de griffe à la jeune femme que j'étais, à jamais perdue.

Paris, si tu redev'nais Paname :
Réverbère,
D'après-guerre

Dans l'métro, on verrait des réclames,
Des poinçonneurs,
À toute heure.

Doisneau enchant'rait Prévert,
Fumant sur un banc de pierre…

Je faisais des allers-retours entre le dressing et ma valise posée à terre dans la chambre sans savoir quoi empiler à l'intérieur. Ne pas réfléchir, juste rassembler quelques basiques : jeans, tee-shirts, chandails, deux ou trois robes pour le soir, baskets, escarpins... J'avais décidé de faire le trajet en huit jours. Une fois la voiture livrée à l'acheteur niçois, je rentrerais en train. Quelle aubaine qu'il refuse de se déplacer à Paris. Une excuse en or pour entreprendre ce voyage dont je rêvais depuis des mois. En même temps, il me terrifiait. Pour apprivoiser ma peur, j'avais tout balisé. Je connaissais la carte routière par cœur, j'avais un GPS dans la voiture, l'application Waze dans mon téléphone. Les réservations dans les hôtels étaient confirmées. Pour le reste, j'improviserais.

Un bruit de clés dans la serrure annonça le retour de Pablo. Surtout ne pas montrer ma fébrilité. Être ferme. Déterminée. Ne pas flancher. Ne pas lui laisser entrevoir mon désordre intérieur, il s'y engouffrerait et je serais assaillie par plus de doutes encore.

— Mon cœur, je suis dans la chambre, je boucle ma valise, je t'attendais avant de prendre la route.

Le parquet haussmannien grinçait sous ses pas, moins assurés que d'habitude. Pablo ne savait pas tricher, son malaise était palpable. Ses bras ballants, ses doigts nerveux avec lesquels il jouait, sa ride du lion, plus creusée qu'à l'accoutumée, trahissaient son inquiétude.

— Tu ne veux vraiment pas que je t'accompagne ? Je ne suis pas rassuré de te savoir seule sur les routes. Pourquoi tu t'infliges ça ?

— Je t'en prie, on en a déjà parlé, j'ai besoin de faire ce voyage seule. Je pensais que tu l'avais compris.

Je ne voulais pas de cette conversation. Nous l'avions déjà eue maintes fois. J'étais tentée par la fermeté mais il aurait eu de la peine. Et lui causer du chagrin était impensable. Pablo était un homme bon et généreux. Un homme qui ne joue pas, ne dissimule pas. Un homme qui ne met pas en danger. Ils sont si rares, ces hommes-là, que chaque jour, depuis notre premier baiser il y a quatre ans, je me félicitais de l'avoir rencontré.

Souvent, je me sentais indigne de son amour. J'avais le sentiment que le mien était moins absolu. Pourtant, je l'aimais et je n'envisageais pas ma vie sans lui. Son silence résigné me glaçait.

— Il faut bien vendre la Spider. Et tu le sais, c'est un défi pour moi de faire cette route seule. Je veux me prouver que j'en suis capable. C'est important. J'ai toujours été assistée.

— Tu te racontes des histoires, Lisa. Tu es seule la plupart du temps. Tu es là, sans être là. Il y a un monde auquel je n'ai pas accès. Je te l'ai déjà dit, je ne veux pas vivre à côté de toi, je veux vivre avec toi.

— Mais enfin, une semaine, c'est court. Dimanche, je serai de retour, ça va passer à toute allure.

— Tes silences me fatiguent. Si tu ne veux pas t'engager, c'est simple, il suffit de me le dire. Je ne t'ai pas mis le couteau sous la gorge quand je t'ai demandée en mariage. Depuis, tu es incapable de fixer une date, tu esquives le sujet chaque fois que j'essaie de l'aborder. Si tu ne veux plus te marier, dis-le.

Les mots de Pablo étaient comme des pics en acier qui s'enfonçaient dans une plaie mal cicatrisée. J'aurais pu prononcer les paroles qui l'auraient rassuré, le bercer de certitudes. J'en étais incapable. J'avais trop de respect pour lui. Trop de respect pour les promesses sacrées qu'on ne fait que lorsqu'on est sûr de pouvoir les honorer. La seule chose que j'étais en mesure de promettre était de rentrer de ce voyage libérée de mes chaînes. De faire la paix avec mon passé pour m'autoriser enfin à sauter à pieds joints dans notre vie.

— À mon retour, il n'y aura plus que toi et moi. Fais-moi confiance, s'il te plaît.

En serrant Pablo dans mes bras, la tête posée sur son épaule, je mesurais toute la tendresse de cet homme qui voulait m'épouser. Il avait été si patient que j'étais envahie d'une culpabilité accablante, et l'idée de renoncer au départ me traversa l'esprit. Il se dégagea et, sans me regarder, se dirigea vers le salon, me laissant à mon paquetage. Il fallait partir au plus vite. Écourter ce moment pénible, prendre la route. Sans attendre.

Je bouclai ma valise, enfilai ma veste et demeurai quelques minutes, interdite, à visualiser notre chambre pour l'imprimer dans mon cerveau. C'est surtout l'image de ce papier peint sur le mur principal que je voulais emporter avec moi. Un paysage balinais, où s'épanouissent palmiers, hibiscus, jasmins et un imposant banian, un arbre sacré dont les racines aériennes pendent tels de longs cheveux. D'après la légende, cette espèce abrite la maison des dieux et des esprits. Chaque soir, avant de m'endormir, c'est à lui que je m'adresse pour qu'il me donne force et courage, et qu'il me guide avec ses branches semblant toucher le ciel. Pablo avait été sceptique quand il s'était agi de poser ce papier peint, copie d'une fresque naturaliste du XIXe siècle. Le côté « déco » l'agaçait. Il considérait qu'il fallait aller à la rencontre de l'exotisme en parcourant le monde, pas en l'accrochant dans sa chambre comme la soif d'un ailleurs fantasmé et inaccessible. J'avais fini par le convaincre avec mes arguments superstitieux. Un arbre d'immortalité veillant sur notre sommeil ne pouvait être qu'un excellent présage.

J'interrogeai le banian avant de quitter la chambre mais ce jour-là, aucune réponse.

Tant pis.

Je me trouvais au volant de ma décapotable. Sans parvenir à contenir le vertige qui s'était emparé de moi depuis quelques minutes. Mes oreilles sifflaient, des bruits sourds s'entremêlaient. J'essayais d'en saisir la substance, de déchiffrer un contenu. Tout était vague, je n'attrapais au vol que des bribes de sons plus confus les uns que les autres. Des voix peut-être, des cris aussi. Et la rumeur du chassé-croisé des voitures au ralenti comme dans un film. La nausée accentuait mon malaise. J'étais écœurée par l'odeur du bitume. Il ne faisait pourtant pas si chaud.

Le vent caressait ma nuque, ma tête était lourde, posée sur le volant en acajou. Dans cette tourmente, je percevais la dureté du bois sur ma joue. Je savais que je devais me ressaisir, me redresser mais c'était au-dessus de mes forces. Je me sentais fatiguée tout à coup.

Sans doute, la fièvre du voyage à venir.

Je pensais à mon psy, à ces heures entières passées sur son divan à répéter de quelle manière vaincre mes attaques de panique. Me concentrer sur chacun de mes membres. Un à un, les passer en revue. Appréhender le point de contact de chaque partie de mon corps avec les éléments extérieurs. Je faisais un calcul rapide : mes fesses touchaient le siège en skaï, mes cuisses, plutôt fines, se rejoignaient et collaient au siège. Je détestais sentir mes cuisses s'étaler. L'impression d'être grosse. Grasse.

Ma tête épousait l'espace à l'intérieur du volant. Ma tempe droite était proche du klaxon – tiens, d'ailleurs, est-ce que je ne l'avais pas activé par mégarde, j'entendais comme une sirène… ? Non, elle était trop lointaine pour que ce soit le klaxon de la Spider. Un frisson me parcourait l'échine. J'étais trop pressée. Entre mes cuisses et ma tête, j'avais fait l'impasse sur mon ventre, mon buste et mes bras qui pendaient dans le vide. Après cet inventaire fastidieux, restait à contracter chaque membre en retenant ma respiration durant une poignée de secondes, puis relâcher la pression en reprenant mon souffle. Et répéter l'opération muscle après muscle. De cette manière, je pouvais espérer maîtriser l'hyperventilation et éloigner les symptômes de la crise d'angoisse. J'avais pris l'habitude de toujours commencer par le bas, de remonter mon corps lentement jusqu'au sommet du crâne. J'attaquai donc par mes pieds. Pourquoi étaient-ils insensibles ? Peut-être de la spasmophilie. Ou de la tétanie ? Pourquoi ai-je arrêté ma cure de magnésium ? J'aurais aimé que cet étourdissement cesse mais bizarrement, aujourd'hui, les sensations que j'avais fini par apprivoiser au fil des années étaient un peu différentes. Dans ce tourbillon, dans cette valse folle qui me faisait tournoyer, je gardais mon calme, mon cœur ne battait pas à tout rompre, prêt à sortir de ma poitrine. Sans doute l'expérience qui me permettait de savoir qu'une attaque de panique finit toujours par se dissiper.

La portière claque. Enfin un son parfaitement perceptible qui me ramène à moi.

La crise est passée, je me redresse.

Raphaël est là, tout près. Il suffirait que je tende la main pour le toucher. Je n'ose pas. Cette fois, mon cœur va lâcher. Ivre de joie, il bat la chamade. J'avais espéré de toutes mes forces qu'il serait du voyage, mais je n'étais pas certaine de sa présence. Il est là.

— Tu es surprise ? Je n'allais quand même pas te laisser seule.

Je ne peux pas me détacher de son visage. Il est si éclatant avec ses cheveux bruns soyeux, ses yeux de jade qui plongent dans les miens et me transpercent pour sonder mon âme. J'y décèle une lueur de reproche qui contraste avec mon bonheur immense de le sentir à mes côtés. Raphaël est un rocher échoué au milieu de l'océan, un phare dans la nuit qui brille par intermittence, un promontoire sur des sables mouvants. Il porte en lui toute la douceur et la violence du monde. Je ne parviens pas à bouger, à peine à respirer. Mes idées fusent sans que je puisse me raccrocher à une seule. Mille questions se bousculent, je sens bien qu'il ne faut en formuler aucune au risque de rompre le charme. Me fier à mon instinct, ne pas intellectualiser. Juste ressentir et tout ira bien. Je mesure la fragilité de ce moment. Des larmes commencent à embuer ma vision, je les retiens. Il sourit.

— Qu'est-ce que tu attends ? On la refait tous les deux, cette route ? Même si c'est une folie.

— Tous les deux ! Tu crois ?

— Je ne crois pas. Je sais ! Un jour, tu m'as expliqué que, parfois, il ne fallait pas te laisser le choix. Décider pour toi. Eh bien, tu vois, j'ai appris. Et c'est décidé : je pars avec toi. Allez, démarre !

J'introduis la clé dans le contact et nous filons vers cette nationale 7 qui mène à la Méditerranée.

Je jette des coups d'œil discrets dans le rétroviseur pour contempler mon reflet. Je me sens vieille. À vingt ans déjà, je me sentais vieille. Peut-être parce que ma mère ne m'a jamais rien épargné de son entrée dans la ménopause. J'écoutais patiemment ses récits et ses sombres prévisions. Par solidarité peut-être, ou sûrement par hypocondrie, je développais les mêmes symptômes qu'elle. Je me réveillais avec des bouffées de chaleur et la conscience effrayante de la pesanteur qui appliquerait sa loi implacable sur mon corps, mon visage à moi aussi. À vingt ans déjà, je guettais le moindre signe d'affaissement et j'épousais les angoisses de ma mère comme si les miennes n'avaient pas suffi.

Dans le rétroviseur, j'ai la nostalgie de cet âge béni. Et je m'en veux de ne pas avoir eu plus d'indulgence envers moi-même, de ne pas avoir su aimer mon corps svelte et ferme. J'ai été une jeune femme sur laquelle les hommes se retournaient, sur laquelle les regards convergeaient. Je le savais mais ça n'existait pas. Et cela ne m'a procuré aucune confiance en moi. Aujourd'hui, je suis peut-être encore jolie, mais bientôt, je passerai de l'autre côté. La fanaison succédera à l'éclosion et à l'épanouissement. J'en ressens une profonde mélancolie et j'anticipe que ce sera douloureux. La beauté est un cadeau du ciel. Provisoire. Illusoire. Lorsqu'elle s'en va, elle distille un poison qui vous rappelle sans cesse ce que vous avez été et que vous ne serez plus. Elle accentue le naufrage. Sur la durée, les filles qui passent inaperçues ont un avantage. Elles ne subissent pas le diktat des apparences et si, jeunes, elles ont souffert de ne pas être dans la lumière, elles vieillissent avec plus de sérénité et moins de regrets. La démonstration est basique, mais je l'ai toujours éprouvée ainsi.

Raphaël, lui, n'a pas pris une ride. Le temps a moins d'emprise sur les hommes. Je cherche en vain la trace d'un cheveu blanc, d'une amertume à la commissure de ses lèvres, d'un sillon près de ses yeux : rien. Il me regarde.

— Tu es magnifique. Tu embellis chaque jour.

Cet homme lit en moi comme dans un livre ouvert. Je serais tentée de lui répondre qu'il exagère, que je suis à peine maquillée, que j'ai des cernes. Mais je m'abstiens. J'ai décidé de prendre tout ce qu'il me donne sans réserve. Et parce que je connais d'avance sa réponse ; il me lancerait : « *Fishing for compliments !* »

Au fil des kilomètres, tandis que la ville s'efface, la circulation devient enfin plus fluide, les feux s'espacent et les enseignes des zones commerciales s'éloignent. Raphaël est à mes côtés, souriant, comme si nous nous étions quittés la veille. Je profite d'une ligne droite dans la forêt pour le dévisager à nouveau. Il s'est installé de profil, adossé à la fenêtre sans aucune considération pour les changements de paysages.

— Regarde la route quand tu conduis, me lance-t-il.

— Alors, arrête de m'observer, ça me trouble.

— Tu as vu ce qui s'est passé, tout à l'heure, quand tu as cherché ton téléphone dans ton sac ? Tu as fait un gros écart.

— T'as décidé d'être chiant ?

— Non, j'ai décidé que tu allais rester en vie. Tu es trop distraite au volant. Je te l'ai dit mille fois.

— Tu as vraiment décidé d'être chiant ! Tu ne veux pas plutôt jouer les DJ ? Moi, je ne peux pas, je conduis. Prends mon téléphone et choisis une playlist.

— Il est verrouillé. C'est quoi ton code ?

— 2910.

— Vingt-neuf octobre ? Tu ne pouvais pas choisir une autre date ?

— Non, celle-là, je suis sûre de ne jamais l'oublier.

KM 58 – FONTAINEBLEAU

Je chante à tue-tête le tube de Bill Withers :

Just the two of us
We can make it if we try
Just the two of us
Building castles in the sky
Just the two of us
You and I

Nous avons dansé tant de fois, Raphaël et moi, sur cette chanson que nous avons notre propre chorégraphie. Je ne sais pas si, aujourd'hui, on se remémorerait l'enchaînement de nos pas. Cela me semble si loin.

— Et si on s'arrêtait pour danser sur le bord de la route ? Je voudrais vérifier si on a de beaux restes.

J'aime notre synchronicité. Lire entre les silences, devancer les pensées de l'autre, est une alchimie rare que nous avons toujours partagée. Une fois de plus, j'en suis troublée. La séparation n'a rien effacé.

La fine bande d'herbe entre l'asphalte et le fossé crée une ligne imaginaire sur laquelle nous nous positionnons tel un couple de danseurs professionnels prêt à se transcender pour remporter un concours international. Raphaël se tient derrière moi, tout près. Je peux sentir son souffle me parcourir l'échine. Je tends mon bras droit vers le ciel pour donner le coup d'envoi de notre ballet et ferme les yeux pour mieux ressentir ses doigts effleurer, avec la délicatesse d'une plume, ma nuque, mon flanc avant de rejoindre mon ventre, où l'attend ma main gauche. Raphaël la saisit et d'un geste assuré m'envoie tournoyer loin de lui avant de me ramener à quelques centimètres de ses lèvres. Face à face à présent, nos corps se défient dans un silence suspendu. La musique reprend de plus belle et nos déhanchés, d'abord timides, finissent par former des vagues qui se cherchent et se répondent sans jamais se rejoindre. Je tourne, virevolte. J'oscille, j'ondule. À la fois proche et à distance de mon partenaire. De ce rock endiablé s'échappe une douce mélancolie. Je ne sais pas si nous construisons ou déconstruisons cette danse familière, maintes fois exécutée.

Sommes-nous en rythme ou à contretemps ? Je m'efforce d'isoler le tempo de la batterie. Mais le « poumtchak » se transforme vite en « boum boum » si bien que je ne parviens plus à différencier les battements de mon cœur des pulsations de la musique.

Bill Withers livre ses derniers accords. Raphaël lâche ma main dans un ultime enroulé. Emportée par mon élan, je tombe à la renverse et finis assise à terre dans un grand éclat de rire.

Je cherche du regard Raphaël mais je suis éblouie par le soleil rasant de cette fin de journée qui m'oblige à me protéger les yeux.

Machinalement j'examine l'herbe entre mes jambes dans l'espoir de découvrir un trèfle à quatre feuilles et j'accompagne d'un murmure les notes finales en pensant au château de la chanson. Celui que nous avons construit ensemble est un château de sable, à plusieurs étages, blanc et lumineux comme on en voit dans les contes de fées. Un lieu magique où restent enfermés les rêves et les fantasmes. Un édifice magnifique mais fragile, voué à disparaître.

Raphaël vient de baisser le son de l'autoradio et veut savoir où nous allons passer la nuit.

— Dans la cabane dans les arbres évidemment ! Ça t'ennuie que nous y retournions ?

— Pas du tout. Au contraire, c'est parfait. Allez, relève-toi, on y va !

La nuit est tombée. Je me gare devant la Faisanderie de Fontainebleau, point de départ d'une balade à cheval au clair de lune dans la forêt royale. Je sais déjà quel chemin emprunter : le sentier des Carriers. Au centre équestre, mon cheval, un pur-sang arabe, est déjà sellé, on me tend une carte et une lampe frontale à placer sur ma bombe. Je dois suivre les marques fluorescentes tracées sur les arbres.

Le sol est sablonneux. On se croirait dans les Landes. C'est la mer qui l'a charrié jusqu'ici, il y a trente-cinq millions d'années. La nuit opère sa magie en produisant des mirages. François Ier et Louis XIV me doublent au galop lors de leur chasse à courre. Je suis assaillie par des images du passé lointain et je visite l'histoire comme si j'en avais été le témoin. Je me laisse aller à ma rêverie, portée par le son régulier des sabots qui foulent le sol.

Je m'enfonce dans la forêt, et j'ai soudain mal au ventre. L'obscurité me renvoie aux peurs de l'enfance, à l'imminence d'un danger. C'est un réservoir à monstres.

J'ajuste la lampe sur ma bombe. Elle ne diffuse qu'un faible halo sur le sentier désormais caillouteux, le balisage équestre se fait rare. J'entrevois des formes inquiétantes, les bruits sont amplifiés. Je crois entendre des respirations – ah non, ce n'est que le souffle de mon bel étalon ! La peur du noir a quelque chose de très animal, lié à l'instinct de survie. Se peut-il que notre cerveau ait gardé les traces de terreurs ancestrales ?

Il paraît que les angoisses nocturnes disparaissent aux alentours de six ans, à la fin de la période œdipienne. Je pense à mon psychiatre. Il faut que j'arrête de le convoquer chaque fois que j'ai une boule au ventre. Je vais finir par faire un transfert. Il m'a expliqué que les adultes dormant avec la lumière du couloir allumée souffrent souvent d'un sentiment d'abandon qui peut, dans les cas extrêmes, lorsqu'ils sont plongés dans l'obscurité, conduire à la trouille de l'infarctus. Moi, je n'ai pas toujours eu peur du noir. C'était parti. C'est revenu.

J'en veux à Raphaël de ne pas m'avoir attendue. Il s'est élancé devant, au galop. Je me garde bien de l'appeler, mon cheval pourrait s'emballer si je crie. Je distingue la lueur de sa lampe au loin. Il s'est arrêté, je perçois sa voix.

— Viens vite, c'est exceptionnel. Descends de cheval et approche-toi, le plus lentement possible.

Lorsque j'arrive à sa hauteur, il saisit les brides de ma monture et l'attache quelques mètres plus loin, à côté de la sienne. Un long râle profond et rauque déchire la nuit et me fait sursauter.

— Qu'est-ce que c'est ?

— Le brame du cerf. C'est la saison des amours. Mets ton foulard autour de ton cou.

— Pourquoi ?

— Pour masquer ton parfum, qu'il peut détecter à un kilomètre.

Sans un craquement de branches sous nos pas feutrés, nous nous dirigeons vers le poste d'observation. À chaque barreau de l'échelle du mirador, la complainte de l'animal grandit. Raphaël me conseille d'observer le spectacle avec la longue-vue. Je suis frappée par la grâce de cette danse amoureuse, hypnotique. Je propose à Raphaël de regarder à son tour dans les jumelles. Il n'y tient pas.

— Le spectacle est merveilleux de là où je suis, dit-il.

Je ne sais pas ce qui me trouble le plus. Le désir explicite de l'animal qui hurle vers le ciel ou le magnétisme de Raphaël qui écrase toute autre perception. Il attrape ma main gauche – contact physique, électrique – et la porte à sa bouche pour un court baiser du bout des lèvres. Je retiens mon souffle. Le diamant de ma bague de fiançailles est éclatant. La lune s'y reflète.

— Il est magnifique, ce diamant à ton doigt.

— Tu veux que je l'enlève ? Ça te gêne ?

— Ah non, ce qui me gênerait, c'est que tu l'enlèves.

Nous sommes perchés à dix mètres de hauteur dans une bulle de plastique totalement transparente. Seuls au monde. La forêt nous appartient. L'expérience est déconcertante. Avant de pénétrer dans ce logis insolite loué pour la nuit, il y a un sas de décompression. D'abord franchir la porte d'entrée, la bulle se dégonfle un peu. Ensuite pénétrer dans la chambre par une seconde porte à refermer aussitôt. Une soufflerie se met en marche pour maintenir l'habitat gonflé à bloc.

Je flotte, légère comme l'air, et je contemple le spectacle de cette nature sauvage à laquelle j'ai l'intuition d'avoir toujours appartenu. « Je suis dans notre bulle avec Raphaël », l'idée me fait planer tant elle est inespérée. Il est assis dans un fauteuil en velours et m'observe alors que je fouille dans mon sac à la recherche de mon appareil Polaroid. Je ne m'en sépare jamais. J'aime immortaliser les beaux moments. J'ai peur des souvenirs qui s'effacent. Surtout depuis l'Alzheimer de Mamie. Je me dis que si un jour j'ai tout oublié, il me restera ces clichés. Des images qui, si elles n'évoquent plus rien de familier, me permettront de recréer un monde, d'inventer de nouvelles histoires. Alors je prends des photos, souvent, très souvent. Raphaël s'en agace. Il considère que la magie de l'instant ne se capture pas, qu'il faut savoir la garder pour soi. En soi. Ce soir, étonnamment, il ne proteste pas. Il serait même attendri. Sans me faire prier, je pose le boîtier sur une commode, j'actionne le retardateur, je cours m'installer au plus près de Raphaël…

Clic.

Je retourne vers l'appareil pour récupérer le cliché en cours de révélation. Je sens son regard dans mon dos, je devine son sourire.

— Enlève tes chaussures, tu ne voudrais quand même pas faire éclater la bulle !

— Arrête ! Tu crois que c'est possible ?

— Je n'ai pas envie de prendre le risque. C'est si fragile tout ça.

— Je ne sais pas si on va réussir à dormir avec ces grands arbres autour. Tu n'as pas l'impression qu'on est observés, que des esprits habitent les ombres ?

— C'est peut-être le cas.

— C'est toi qui dis ça ! Cartésien comme tu es !

— Tout le monde change, lance Raphaël, rieur.

— Ne me dis pas que tu es devenu croyant. Ce serait le monde à l'envers. Tu t'es si souvent moqué de mes penchants mystiques.

— Tu exagères, j'ai toujours aimé ton côté sorcière. Je vais même aller dans ton sens : envoyons un message à l'univers.

J'ignore quel est le degré de malice de Raphaël tant je ne l'aurais jamais imaginé formuler une telle proposition un jour. Est-ce qu'il veut me faire plaisir ? Est-ce qu'il me taquine ? Est-ce qu'il veut me montrer qu'il respecte mes croyances ? C'est le plus grand sceptique que je connaisse. Fidèle à saint Thomas, il ne croit que ce qu'il voit. Combien de fois s'est-il esclaffé quand je lui parlais de la loi de l'attraction, du pouvoir de la prière quel que soit le Dieu à qui l'on s'adresse, quels que soient les saints que l'on vénère. Je déteste les dogmes, je n'aime pas les clochers non plus, mais je crois que, d'une manière ou d'une autre, nous sommes « accompagnés ». En cela, je suis croyante. Je crois en la destinée. Raphaël, lui, croit en l'homme, c'est tout. Et il assure que c'est déjà beaucoup. Alors pourquoi, ce soir, déroge-t-il au grand principe de son athéisme si souvent revendiqué ? Je m'interroge mais je serais ravie de me laisser surprendre.

— Et on demande quoi à l'univers ?

— Que ce voyage ne laisse pas de traces indélébiles. Que tu en reviennes apaisée.

— Tu crois que ce voyage est une mauvaise idée ?

— Tu me le demandes ? ironise-t-il. C'est une très mauvaise idée !

— Pourquoi es-tu là alors ?

— Pour que tu fasses le bon choix.

Sans me laisser le temps de commenter cette dernière réplique, Raphaël se met à sauter dans notre bulle, au mépris des recommandations de sécurité. Je rebondis plusieurs fois sur le matelas pneumatique qui fait office de lit telle une enfant sur un trampoline. Et il hurle :

— Allô, l'univers ? Tu nous entends ?

Je ris à en avoir le souffle coupé avec la peur que notre sphère se décroche. Raphaël cesse de s'agiter, retrouvant soudain cette gravité inquiétante. L'équilibre du monde est rétabli. Seuls quelques objets ont été déplacés.

— Tu me manques, je parviens à murmurer.

— Je serai toujours là. Même s'il n'y a pas de retour possible et tu le sais.

— Et si c'était à refaire ?

— J'agirais différemment, mais on ne peut pas refaire l'histoire.

Je me réveille en suffoquant. Je n'arrive pas à reprendre mon souffle. J'ai conscience d'être en apnée, je ressens l'urgence de respirer mais je n'y parviens pas. Comme si ce réflexe originel m'avait quittée. Comme si je ne connaissais plus le chemin de la respiration. Je ne saurais dire combien de temps cette asphyxie dure. Parfois les secondes rejoignent l'éternité. Ma poitrine me fait mal, je suis prise en étau. Un poids empêche ma cage thoracique de se déployer.

Vient enfin la libération. J'inspire à pleins poumons pour retrouver mon calme.

Il fait jour.

Mes yeux me brûlent. Il faut que je m'habitue à cette lumière aveuglante. Je ne me souviens pas m'être endormie. Mes mains parcourent à tâtons l'espace inoccupé à côté de moi sur le lit. Raphaël n'est pas là.

Je me redresse d'un coup et le cherche dans la chambre, les yeux toujours mi-clos. Il est assis sur le fauteuil en velours.

— Tu es resté là toute la nuit. Tu ne t'es pas couché ?

— J'ai veillé sur toi et ce n'est pas rien. Tu étais si agitée. Tu as fait un cauchemar ?

— Je ne sais pas, c'est confus. J'ai tangué au point d'étouffer, de ne plus savoir comment trouver de l'air. C'est une sensation épouvantable. Ça m'arrive de temps à autre, mais d'habitude, plutôt au moment de m'endormir. C'est la première fois que ça me surprend au réveil.

— Il faudrait que tu consultes un spécialiste du sommeil à ton retour.

— Mouais !

À la réception, le gardien veut connaître mes impressions.

— Nous avons passé une nuit incroyable, je vous remercie. Quel bel endroit vous avez là !

Je me souviens aussitôt que j'ai fait une réservation pour une seule personne. J'éprouve de la gêne à ne pas avoir précisé que, tout compte fait, je venais accompagnée.

— Excusez-moi, j'aurais dû vous avertir que nous étions deux. Surtout pour le petit-déjeuner. Mais j'ai réservé cette chambre il y a longtemps. Je n'étais pas certaine que…

Il me coupe, amusé.

— Ne vous justifiez pas, il faut bien que la Belle au bois dormant ait un soupirant. Sinon, comment elle se réveille ?

Étrangement, cette conversation me met mal à l'aise et me renvoie à mes doutes.

J'éprouve le besoin de rejoindre Raphaël sans plus attendre. Il a proposé de charger nos bagages dans la voiture. Et s'il n'était pas dehors ? Et s'il disparaissait une nouvelle fois ? Vite, il faut que je le retrouve.

— Merci de votre compréhension, je m'entends bredouiller au réceptionniste.

— Vous ne voulez pas rester une nuit de plus ? On organise un concerto en plein air, ce soir. Ça va être féerique. Je vous garantis que vous ne serez pas déçue. Vous devriez prolonger.

— C'est gentil, mais j'ai un long chemin à parcourir.

— Vous êtes sûre ? Allez, restez avec nous !

Km 101 – Notre-Dame-de-la-Route

Dans la chaleur de ce mois d'août naissant, je désire Raphaël. Non seulement il occupe chacune de mes pensées, mais il est là. Il m'attend, à l'avant de la Spider. Je devrais ressentir une énorme culpabilité. Ce n'est pas le cas. Parce qu'il n'y a pas de conflit d'amour.

Hier, je n'ai pas répondu à l'appel de Pablo. Au beau milieu de ma balade à cheval, qu'aurais-je bien pu lui dire ? « J'observe la parade nuptiale des cerfs au clair de lune. Raphaël est à mes côtés à chaque instant et il me désarme. Pardon, c'est plus fort que moi. »

Impensable.

Mentir. Il n'y a pas d'autres options. Ne pas blesser, ne pas faire mal. Ne pas poser davantage de mots sur mes émotions. Ça leur donnerait plus de corps, c'est déjà assez lourd.

Alors oui, mentir, ne pas blesser, ne pas faire mal.

Est-ce trahir ? Peut-être, mais trahir qui ? Pablo ? Raphaël ? Moi ?

Ne pas réfléchir. C'est mieux, sinon je vais finir par me sentir coupable… un peu. Vivre l'instant, voilà ce que je vais faire sans me demander s'il me ramène vers le passé ou me conduit vers l'avenir.

La nationale 7 défile et emporte mes pensées sans que j'essaie de les retenir. Elles s'effacent comme la peinture des publicités sur les pignons des maisons abandonnées dans les villages que nous traversons en bord de Loing. Le Poisson doré, ce restaurant où les voyageurs ne viennent plus et les hôtels aux volets clos témoignent de la glorieuse époque de la Route Bleue avant qu'elle ne soit supplantée par l'autoroute du Soleil. Je monte le son de l'autoradio et me laisse bercer par cette chanson qui semble avoir été écrite pour moi.

Regarder en arrière
À quoi ça sert ?
Se dire j'aurais pu mieux faire
À quoi ça sert ?
À ce jeu, on se noie, on se perd
On se trompe de prière
À quoi ça sert ?

Nous approchons des cent bornes. En quittant Fontenay-sur-Loing en direction de Montargis, j'indique à Raphaël un panneau noyé dans la végétation sur lequel est inscrit « Notre-Dame-de-la-Route ».

— Tu te rends compte, on a failli le louper, il était bien caché.

Je me gare sur le bas-côté. À quelques mètres se trouve une petite chapelle sans le moindre intérêt architectural, mais dont l'injonction sur le fronton interpelle : « Guidez-nous. » C'est de circonstance, je me sens perdue. Je suis curieuse d'y entrer. Raphaël n'y tient pas.

— Pourquoi tu ne veux pas entrer ? Viens, on va brûler un cierge.

— Non, vas-y toi, je t'attends sur le parvis.

Des feuilles et des brindilles recouvrent le sol. Les derniers visiteurs ont oublié de refermer la porte derrière eux et la chapelle est balayée de courants d'air. Les vitraux m'interpellent. Ils ne sont pas dédiés aux saints mais aux villes traversées par la nationale 7 avec leurs armoiries représentées. Mon voyage est déjà là, dans cette clarté immaculée, gravé dans la pierre. Au fond, derrière l'autel, une Vierge en bois me toise. Je me sens écrasée, perception étrange dans un espace aussi minuscule. J'allume une bougie et je la regarde se consumer comme je me consume moi-même. Le premier mot qui me vient à l'esprit est « merci ». Pourtant, je sais que je n'ai rien à faire ici, que je suis proche de la sortie de route.

Mais « merci » donc, puisque ce mot-là s'impose.

Merci pour les surprises de la vie, pour les chemins de traverse, pour les parenthèses enchantées, pour les récréations à contresens. Merci pour le feu qui monte à mes joues, pour mes bras tremblants, mes oreilles qui bourdonnent. Merci pour les montagnes russes entre espoirs et incertitudes. Merci pour les papillons dans le ventre – je m'égare là, c'est si bon de s'égarer –, merci parce que rien ne s'efface. Merci pour Raphaël, pour son tempérament et ses manières, parce que ses mains sont belles, que j'espère ses caresses. Merci pour le musc de sa peau, pour la promesse de ses assauts – je raconte n'importe quoi, à vous en plus mère de Dieu, pardon pour mes offenses –, mais merci pour le temps qui s'arrête et m'offre la possibilité de sentir ce que signifie vraiment « être en vie ».

J'admire la statue de la Vierge, honteuse d'être obsédée par le brasier qui enflamme mon corps, si loin de toute pensée pieuse. Marie ne peut pas concevoir ce genre de choses. D'ailleurs, je devine son air réprobateur. Je serais tentée de lui demander si je suis sous l'emprise d'un sortilège. Mais peut-on parler de maléfice dans une église ? Sans doute que non, quel sacrilège. Je mélange tout décidément, il faut que je me ressaisisse.

Raphaël me bouleverse. Je pourrais mourir rien qu'en le regardant. Alors, Notre-Dame-de-la-Route, vous qui veillez sur les voyageurs égarés, s'il vous plaît, guidez-moi du mieux que vous pourrez parce que j'ai encore le choix, enfin je crois, et il faut que je fasse le bon.

Alors que je m'apprête à quitter la petite chapelle, la voix de Raphaël me parvient, un peu lointaine, à peine audible. Avec qui donc peut-il bien parler, dans ce coin perdu ? Je ne saurais dire exactement pourquoi, je suis tentée d'écouter la discussion qui s'est engagée, en restant à distance. Un secret pourrait m'être révélé. Adossée au mur, à côté du bénitier asséché, je retiens mon souffle. Je m'efforce de saisir l'échange entre Raphaël et un homme – oui, il s'agit bien d'un homme avec lequel il converse, et j'arrive enfin à percevoir clairement ce qu'il lui dit :

— Tu sais pourquoi cette inscription, « Guidez-nous », est gravée sur la façade ?

— Non, répond Raphaël.

— Parce qu'un accidenté de la route a retrouvé l'usage de ses jambes après avoir prié dans cette chapelle. Depuis, les routiers font halte ici pour demander protection.

Ces propos m'intriguent. Je suis curieuse de savoir qui les a prononcés. À pas feutrés, je m'approche de la porte d'entrée. Dans l'entrebâillement, je réussis à apercevoir l'homme de dos, assis aux côtés de Raphaël, sur les marches du parvis. Chauve, il porte une soutane blanche et des sandales en cuir. Un prêtre ou peut-être un moine. Leur conversation se poursuit.

— Je ne suis pas certain de croire au miracle.

— Tu as tort sur ce point. En revanche, tu as tout à fait raison d'accompagner la petite dame.

— Vous pensez vraiment que c'est une bonne chose qu'on soit là tous les deux ?

— Parce que tu crois que c'est toi qui décides ?

Quel étrange aparté.

La porte se met à grincer. Sans réfléchir, j'amorce un mouvement de recul et me plaque à nouveau contre le mur près du bénitier. Pourquoi est-ce que je me cache ? C'est ridicule. Je n'ai aucune raison de le faire, d'ailleurs Raphaël crie mon nom.

— Lisa, on y va ? Je t'attends.

C'est mal d'écouter aux portes. Dans une église en plus ! Je fais quelques pas sur place, délibérément appuyés, pour laisser croire à Raphaël que je suis à distance de la porte et que je me dirige vers la sortie. De plus en plus grotesque. Lorsque je quitte la chapelle, l'homme à la soutane a disparu. Je cherche à gauche, à droite, au loin. Plus aucune trace de sa présence.

— Tu ne discutais pas avec quelqu'un ? J'ai entendu une voix ?

— Si, j'ai croisé un ancien prêtre qui officiait dans cette chapelle.

— Et ?

— Et quoi ?

— Qu'est-ce qu'il voulait ?

— Rien de particulier. Il était en pèlerinage. On a échangé quelques mots, et il a poursuivi son chemin.

Km 188 – Sancerre

En longeant les méandres de la Loire qui séparent la France septentrionale de la méridionale, le paysage hésite déjà avec le Sud. À l'approche de Sancerre et de Pouilly, les vignes gagnent du terrain. Cette route est aussi celle des vins, ce qui n'est pas pour me déplaire. Les platanes avec leurs imposantes feuilles palmées projettent dans le pare-brise un soleil stroboscopique propice à la méditation et aux conversations qu'on n'entretient qu'avec soi-même lorsqu'on ne peut pas parler à l'autre. Certains sujets fâchent.

Boire.
S'émouvoir.
Se voir.
Miroir.
Prévoir.
Qu'il va pleuvoir.
Échoir ?

Ou échouer ? Ah non, « échouer » ne rime pas et c'est rasoir.

Échoir donc, ça laisse un peu de place au hasard.

Hasard. Rime acceptée mais rime pauvre. Faiblard !

Vouloir. Oui, vouloir aimer, ressentir, adorer, espérer, revivre…

Jubilatoire.

Illusoire ? Peut-être…

Décevoir ? Non, surtout ne pas décevoir. Décevoir, c'est sale, comme la mauvaise odeur qui colle à la peau, qui reste tatouée sur les os. Pas de rime en « o », je m'égare.

Croire alors ? Oui, croire, c'est bien. Essentiel. Vital.

Devoir ? Je suis une femme de devoir. La bonne éducation, les principes, comme la mauvaise odeur, on ne s'en débarrasse pas facilement. On s'en encombre.

Alors boire encore, pour croire.

Et savoir. Qu'on ne sait rien.

Raison de plus de boire.

Désespoir ? Certainement pas. L'alcool gai sans mouchoir.

Boire, boire, boire, boire, boire.

Jusqu'au trou noir.

Avec au bout du couloir.

L'espoir.

De te revoir.

Sans victoire.

Sans gloire.

Te dire « au revoir » ?

Non, reste encore un peu, Raphaël.

Je suis bien quand tu es là.

Pour écouter Barbara. Pour chaque moment de la vie, il y a une chanson ou une citation de Barbara. Écoute. Raphaël, tu entends Barbara ?

Je ne suis pas un oiseau de proie
Je ne suis pas poète
Je ne suis pas mystérieuse
Je ne suis pas désespérée du matin au soir
Je ne suis pas une mante religieuse
Je ne vis pas dans des tentures noires
Je ne suis pas une intellectuelle
Je ne suis pas une héroïne
Je suis une femme
Qui vit
Qui respire
Qui aime
Qui souffre
Qui donne
Qui reçoit
Et qui chante

Voilà, tu as compris ? Je ne suis pas désespérée du matin au soir. J'en ai fini avec tout ce noir mais, de temps à autre, j'ai besoin de l'ivresse pour exorciser de ma mémoire la beauté et les images du passé. Et pour regarder devant aussi, habitée des meilleures résolutions et du désir absolu d'exister. Toi, tu as renoncé à l'alcool du jour au lendemain. Pourquoi d'ailleurs ? Je ne me souviens plus. Un matin, tu t'es levé et tu m'as annoncé : « C'est terminé, plus une seule goutte. » Ce n'était même pas après une cuite. Et tu n'avais pas de problème d'addiction. Alors pourquoi cette abstinence soudaine ? Cette radicalité et ton intolérance : t'enfuir chaque fois que j'ai envie d'un verre de vin. Comme si je m'apprêtais à commettre un crime.

L'alcool, Raphaël, est un élixir de bonheur. Il me réchauffe, me permet d'ôter ma carapace et, surtout, il m'offre des ailes. Quand je bois, il n'existe plus d'obstacles, chaque problème a sa solution, l'avenir est radieux. Je peux embrasser mille destins : romancière, auteure de théâtre, comédienne, metteuse en scène… Chanteuse aussi. Et pourquoi pas ? Tu en penses quoi ? Si, je t'assure, rien n'est impossible.

Les bulles, par-dessus tout, me transportent dans des vies parallèles. Le champagne ne pétille pas seulement dans mon palais, il électrise tout mon être. Je suis capable de tout imaginer et de tout réinventer. C'est dangereux, ce genre de raisonnement, je m'en rends bien compte. Très dangereux même. Mais il ne faut pas que ça t'inquiète parce que je suis, par nature, toujours coupable de tout : de trop manger, de ne pas assez travailler, de ne pas faire assez de sport, de me reposer… C'est tuant d'être dans le contrôle permanent, comme si je m'interdisais de prendre du plaisir. Alors avec un tel tempérament, je suis à l'abri de l'alcoolisme. Ma mauvaise conscience finit toujours par me rattraper. Promis.

Mais demain, ne t'en déplaise, j'ai bien l'intention de boire et de me moquer avec une certaine délectation de mes manies, comme celle de tout compter. Après mes deux ou trois verres de vin blanc – dans un vignoble, à Sancerre, je ne vais quand même pas avoir le mauvais goût de réclamer du champagne –, je me demanderai sans doute si j'ai avalé huit ou neuf olives, sept ou huit amandes, onze ou douze noix de cajou. Je me maudirai de ne pas avoir retenu le chiffre exact et je recommencerai à compter.

Oui, je sais, tu te demandes à quoi ça sert. Tu veux que je te le dise ? Ça ne sert à rien. À rien du tout. C'est de la pollution qui m'empêche d'être dans l'instant, de profiter du moment présent, de lâcher prise. « Alors, pourquoi m'entêter à compter ? » Parce que c'est plus fort que moi, je n'y peux rien ; tu te doutes bien que si je pouvais me passer de cette comptabilité débile, je le ferais. « Qu'est-ce qu'il en pense, mon psy ? » Pas grand-chose, que je me raconte des histoires, que ce sont des manifestations de mon anxiété, des pensées envahissantes. Mais pas des troubles obsessionnels compulsifs, car les TOC répondent à une peur clairement identifiée : j'ai peur des microbes donc je me lave les mains. Dans mon cas, pas de superstition, pas de sensation de danger ou de malheur à combattre avec des gestes répétitifs. Juste de mauvaises habitudes.

Je m'en débarrasserais volontiers, mais il faut reconnaître que ces petits rituels ont parfois du bon. Quand je cherche des mots qui riment avec « boire », tu vois bien que je ne laisse rien au hasard. Je cherche jusqu'à épuisement des verbes en « -oir ». Pour écrire des chansons, c'est utile. Tiens, je pourrais écrire des chansons, c'est une idée ça. Pour Barbara, par exemple.

— Non.

Ce non ferme dont l'écho amplifié créa un bourdonnement désagréable dans mes oreilles me fit sursauter et réagir.

— Pourquoi tu dis « non » ?

— Parce qu'elle est morte.

Ah oui, tu as raison, c'est vrai, elle est morte. C'est curieux, elle est si proche, si vivante.

Parfois je me fatigue moi-même, particulièrement aujourd'hui. Il faut dire que la journée a été longue. Mais déjà, j'aperçois la demeure de Jean, que je n'ai pas revu depuis des années. Je m'arrête quelques instants devant la grille en fer forgé de l'ancien relais de chasse recouvert de glycines avec sa vue imprenable sur le vignoble. De ce tableau impressionniste vivant émane une douceur bucolique qui inspire l'harmonie et le bien-être. Je me souviens du bonheur simple à fréquenter cette maison accueillante. Ce bonheur-là est intact, semblable à une vague de plaisir qui me parcourt tout le corps. Cette nuit, je le sais, je goûterai à un sommeil paisible sous le toit de chaume de la bâtisse principale.

***

Le lendemain, je m'étais levée aux aurores pour parcourir les coteaux du Sancerrois, avant que le soleil ne diffuse sa lumière écrasante, au zénith de l'été. J'avais quitté la chambre et traversé la grande bâtisse sur la pointe des pieds pour ne réveiller personne dans la maisonnée endormie.

Assise à l'avant d'un pick-up aux côtés de Jean, j'espérais profiter des promesses du petit jour quand chaque fleur semble éclore sous nos yeux, me laisser envahir par le silence pour mieux savourer la sérénité des lieux. L'aube a cela de magique : mon corps n'a pas encore subi la mise à l'épreuve que je lui inflige en me crispant à la moindre contrariété, et il a donc la souplesse nécessaire pour être réceptif à une évocation, à la caresse du vent, à la douceur des premiers rayons, à l'odeur des fleurs. Mais Jean était bavard.

Et Jean n'était pas n'importe quel vigneron.

Jean était le meilleur ami du père de Raphaël. Il l'avait vu grandir. Il avait été le témoin de notre rencontre, de nos premiers pas en duo. Je ne pouvais pas me soustraire à la conversation après toutes ces années sans donner de nouvelles.

Pour ne pas avoir à répondre aux questions qui, sans doute, lui brûlaient les lèvres, je pris l'initiative.

— Je m'en veux de ne pas avoir donné signe de vie mais c'était trop difficile.

— Ne t'inquiète pas. Je sais que ça a été dur. Je suis très heureux que tu sois là et que tu me fasses l'honneur d'être tombée du lit pour cette balade. Tu es bien la seule !

— Il était comment Raphaël, petit ?

— Deux billes rondes à la place des yeux ! Curieux de tout. Tellement observateur qu'il en oubliait parfois d'agir. C'était un petit garçon qui pesait toujours le pour et le contre.

— C'est-à-dire ?

— Il avait besoin de réfléchir avant de passer à l'action. Par exemple, chaque été, quand il venait faire les vendanges, le premier jour, son panier était presque vide. Il observait les autres couper la vigne, repérait assez vite qui était le plus performant. C'est seulement le lendemain qu'il s'y mettait après s'être bien fait charrier par les copains.

— …

— Sur un terrain de foot aussi, il était improbable. Il rendait dingue n'importe quel arbitre.

— Comment ça ?

— Il passait les dix premières minutes à analyser le jeu de ses camarades et de ses adversaires sans interagir et sans occuper son poste. Il provoquait des hors-jeu, se faisait siffler sans arrêt. C'est seulement après avoir pris ce temps de réflexion qu'il se lançait comme un diable dans la partie. Et là, rien ne pouvait plus l'arrêter. Il devenait flamboyant, enchaînait les buts et plus personne ne lui en voulait.

— …

— C'était difficile de savoir ce qu'il avait dans la tête. Il était très introverti.

— Ça n'a pas changé en grandissant. Raphaël n'a jamais été avare de sentiments mais il est resté insondable. Quand on vivait ensemble, par moments, il se refermait comme une huître. Sans raison apparente. Je lui en veux encore d'être parti, c'est plus fort que moi. Et pourtant, tu vois, il est là, il m'accompagne.

— Il faut prendre la vie comme elle vient, Lisa.

Le grand chêne, au pied duquel nous avions déjeuné, il y a vingt ans, était toujours dressé au croisement de deux grandes propriétés viticoles. Jean m'y avait laissée pour que je passe un peu de temps, seule. J'avais eu Pablo quelques minutes au téléphone la veille. Trop court pour lui faire part de mon paysage intérieur. Il m'en avait fait le reproche. Je voulais lui écrire afin de partager avec lui un bout du chemin.

J'avais toujours considéré avec amusement les gens qui enlacent les arbres en quête de leur énergie.

Pourtant, assise, le dos contre ce tronc centenaire, les mains posées sur deux grosses racines, je pouvais sentir la sève couler à l'intérieur du vieux chêne. Je m'étais même surprise à penser : aller à la rencontre d'un arbre, majestueux comme celui-là, fort comme celui-là, c'est forcément aller à la rencontre de soi. J'avais éprouvé le besoin de fermer les yeux pour être en communion et je m'étais sentie si sereine, hors du temps, qu'il avait fallu me faire violence pour allumer mon téléphone. Son champ magnétique risquait de perturber la vibration de l'arbre et la quiétude qu'il me transmettait. Mais j'avais promis d'envoyer un e-mail à Pablo, et si je suis capable de mentir, par omission surtout, je tiens néanmoins toujours mes promesses.

Mon cœur,

Je n'aime pas nos disputes, même lorsqu'elles sont muettes. Elles me laissent chaque fois seule et triste. Mais peut-on refouler la tristesse ? Non, c'est l'un des enseignements de ce voyage nécessaire qui me ramène sans cesse à la cruauté du temps qui passe, mais qui m'offre également de grands et de petits plaisirs, comme celui-ci : t'écrire à l'ombre d'un vieux chêne que j'ai reconnu et qui, je n'en doute pas, m'a reconnue, lui aussi. Je serais plus sereine si tu laissais tomber cette colère froide que tu dissimules mal derrière tes questions faussement enjouées quand je te téléphone. Je ne la mérite pas et je la vis comme une injustice.

Tu m'as demandé si j'avais trouvé ce que j'étais venue chercher. Je m'y emploie, à chaque instant, mais pour être honnête, je n'ai pas encore expérimenté de grande révélation. J'imagine ton air satisfait en lisant ces mots et je t'entends penser si fort « Je te l'avais bien dit : ce voyage n'a aucun sens ». Tu te trompes sur ce point, mais j'ai décidé de ne plus essayer de te convaincre.

Je t'embrasse tendrement.

P.-S. : Je sais que mes doutes t'inquiètent, mais je chéris une certitude : je t'aime.

***

En relevant la tête, le décor avait changé. Imperceptiblement, je ressentais le grand chêne s'animer. Le vent s'était levé sans que j'y prête attention. Il s'engouffrait dans l'épaisse ramure de l'arbre, créant une mélodie mélancolique. Il soufflait aussi entre mes jambes, soulevant ma robe, et ce courant d'air tiède, presque chaud, me faisait tressaillir.

La puissance de l'arbre, ses bras agités, la caresse du vent, la volupté de l'instant… j'aurais volontiers fermé les yeux pour m'abandonner à ce plaisir solitaire mais ce changement de temps soudain faisait planer une menace, l'imminence d'un danger. D'ailleurs, dans le ciel, se dessinait à présent une masse opaque, un monstre singulier et inquiétant qui semblait me scruter et se précipiter vers moi. Il me paraissait impossible qu'un orage se prépare dans cette torpeur du mois d'août, mais j'avais beau battre des cils de plus en plus fort, de plus en plus vite, il ne s'agissait ni d'une hallucination ni d'un mirage. Le bleu du ciel était bien en train de disparaître, de se dissoudre dans un gris sombre.

Qui de Pablo ou de Raphaël incarnait le mieux la tempête, l'excitation qui gronde, l'appel du fauve ? Je m'interdisais le plus souvent la moindre comparaison, mais cette présence de Raphaël à mes côtés pour ce voyage ravivait cette valse-hésitation. La réponse ne se trouvait sans doute pas dans cette étendue végétale mais j'avais envie de mêler ma voix à celle des nuages en hurlant à pleins poumons leurs prénoms : PABLO ! RAPHAËL !

Pas de réponse.

PABLO ! RAPHAËL !

Un éclair fendit le ciel. Puis deux, puis trois, puis quatre. Suivis d'une détonation assourdissante. Entre le tonnerre et la foudre il n'y avait que quatre secondes d'écart. Quatre éclairs, quatre secondes. Je n'aimais pas le chiffre quatre. Je n'aimais pas les chiffres pairs. Et l'orage serait bientôt au-dessus de ma tête…

Déjà la pluie ruisselait sur le sol. À mes pieds, une fissure. Cette même faille que sur le trottoir devant le garage de M. Maurice.

L'eau s'engouffrait dans la craquelure, creusait une ravine, retournait à la terre, aux entrailles de la Terre. Une fois encore, j'étais incapable d'avancer, comme hypnotisée par cette fêlure qui gagnait du terrain. Il n'y avait plus rien d'autre que cet obstacle infranchissable. Minuscule obstacle qu'il suffisait pourtant d'enjamber.

Il ne faut pas s'abriter sous un arbre pendant un orage. Combien de fois avais-je entendu cette consigne ? Mais je restais là, prostrée, sous mon vieux chêne et ses branches protectrices.

Ce qui nous protège peut nous détruire.

Plus qu'une seconde entre la foudre et le tonnerre. Le spectacle de ces éclairs lézardant la grisaille, de ces traînées de poudre comme autant de messages des cieux en colère était à couper le souffle. On aurait dit qu'une armée de cracheurs de feu s'employait à rugir pour déchirer le silence.

Immobile, seule ma voix continuait d'implorer, d'espérer un signe en écho pour éclairer ma tourmente : RAPHAËL ! PABLO ! RAPHAËL ! PABLO !

Je fus surprise et même déçue d'entendre la voix de Jean. Lorsqu'elle me parvint, je sursautai. Elle m'arracha à ma paralysie.

— Bouge de là, Lisa. Qu'est-ce que tu fais ? Écarte-toi, éloigne-toi de l'arbre !

Jean saisit mon bras avec une poigne à laquelle il était impossible de résister. Il me traîna à travers les vignes, le plus loin possible du vieux chêne, qui déjà vacillait, foudroyé sous nos yeux impuissants.

Je vis avec une clarté désarmante mon bel arbre s'abattre au sol. Chute brutale. Irrémédiable.

À terre, il était éventré en deux parties presque identiques. Et Jean continuait de hurler :

— Mais qu'est-ce qui t'a pris ?! Tu veux mourir ou quoi ?! Tu ne sais pas que c'est dangereux de rester sous un arbre… À quoi tu joues, putain ?!

Je n'écoutais pas, aimantée par ce tronc arraché à sa terre en pleine force de l'âge, que j'avais enlacé une heure plus tôt.

Et c'était comme me contempler dans un miroir.

Comme vibrer à l'unisson avec ce chêne familier en éprouvant ses dernières convulsions.

Une moitié de l'arbre était creuse. Déjà sèche. Morte.

L'autre partie ne demandait qu'à vivre. Une multitude d'insectes s'agitait le long de l'écorce, dans un ballet anarchique. Et la sève continuait de couler.

De retour au domaine familial, pour me remettre de mes émotions, Jean m'invita avec quelques autres explorateurs du Sancerrois, à visiter ses caves calcaires, creusées il y a plusieurs centaines d'années. Je n'osai pas dire non, pourtant je n'avais qu'une seule envie : grimper en haut de la tour des Fiefs pour y retrouver Raphaël et le souvenir de notre dernier baiser au sommet.

Autour d'un fût, Jean proposa une dégustation « verticale ». Le principe : goûter une dizaine de bouteilles en « remontant » les millésimes. Le vieillissement, disait-il, procure une plénitude en bouche, mais l'on perd un peu de fraîcheur et de vivacité. J'essayais de me figurer à quoi pouvait bien ressembler la plénitude, un état d'épanouissement total et entier. La sensation, peut-être, d'être unifié, indivisible. Je souriais tant cette perception m'était étrangère. J'appartenais aux amputés, aux écartelés, aux névrosés et, à choisir, je préférais la fraîcheur et la vivacité à la quiétude. Les montagnes russes plutôt que les mornes plaines, l'océan et ses naufrages plutôt que les lacs paisibles à mourir d'ennui. Verre après verre, les paroles de Jean trouvaient un chemin assez éloigné de leur sens premier. « Nous avons eu des années chaudes, des années froides, sèches, pluvieuses, précoces, tardives… Des années moyennes, aussi. » Il n'avait pas fait référence aux années noires. Les années noires existent pour tout le monde, non ? Je chassai cette idée, préférant me concentrer sur les années chaudes, torrides même, avec Raphaël quand nos corps aimantés nous guidaient inlassablement vers l'étreinte à la verticale, à l'horizontale, en plein jour, dans l'obscurité, derrière les portes dérobées, dans les cages d'escalier. Nous étions deux affamés, jamais rassasiés. De temps à autre, nos ébats ressemblaient à des combats. C'était à celui qui engloutirait l'autre. On dit que l'homme possède, qu'il pénètre. Mais la femme avale et aspire. Elle accueille en son sein. Qui des deux dévore l'autre ? Je m'étais souvent posé la question lors de nos enlacements passionnés et avides. Surtout l'été, dans la moiteur des chambres d'hôtel. Je refusais d'allumer la climatisation. J'aimais sentir la peau humide de Raphaël, respirer son odeur brute qui se muait à mesure de nos caresses, voir son visage se déformer. Je pensais à *L'Amant*, de Marguerite Duras, qui avait provoqué mes premiers ravissements d'adolescente. J'avais si souvent envisagé la jouissance qui pouvait émaner de deux êtres terrassés par la chaleur, mais qui trouvent le chemin de l'extase tant leur désir est puissant, qu'il m'avait semblé indispensable, devenue adulte, de rechercher cette même béatitude. Et je l'avais trouvée, avec Raphaël. Quand on sait qu'une telle fièvre existe, on ne peut pas s'accommoder des années tièdes.

J'avais connu toutes les vendanges évoquées par Jean, les froides, les pluvieuses noyées de larmes, les précoces évidemment, les tardives avec Pablo. Elles donnent de bons crus aussi, cela ne fait aucun doute.

Je contemplais la femme en face de moi. Elle était belle, la quarantaine, le port altier. Je l'imaginais volontiers passant ses vacances dans un palais à Marrakech, vêtue de soieries luxueuses, marchant sur la pointe des pieds. J'ai toujours aimé imaginer la vie des inconnus. C'est un trompe-l'ennui. Elle buvait de petites gorgées avec délicatesse, le petit doigt relevé, le regard perdu dans le vide ou dans les cercles formés par le vin lorsque, machinalement, elle faisait tournoyer son verre. L'homme à ses côtés était attentif à ses moindres faits et gestes, sollicitait son avis. Elle gardait le silence, ne répondant à aucun de ses appels. Il l'aimait. Elle ne l'aimait plus, c'était évident. L'avait-elle seulement aimé un jour ? Elle ressemblait à quelqu'un qui se noie. À qui tentait-elle d'échapper ? À ce mari envahissant ? Peut-être était-ce son amant. À un avenir sans promesses ? À un passé douloureux ? J'aurais voulu lui dire que le passé ressurgit quoi qu'on fasse, que rien ne s'oublie, jamais. Et qu'il ne faut pas injurier l'avenir parce que tout peut arriver. Le meilleur aussi. Lui dire que la paix est le seul chemin possible et que, pour l'atteindre, il faut continuer à rechercher la lumière même au cœur des ténèbres.

Bien sûr, je n'ai rien dit, parce que j'avais beaucoup de mal à mettre ces considérations en application, et si elles me paraissaient vertueuses, elles devenaient, une fois verbalisées, de parfaites lapalissades, de banales brèves de comptoir. Certaines intuitions ne franchissent pas le cap de la parole.

Et puis, j'avais suffisamment expérimenté de nuits froides pour savoir qu'aucun gouffre n'est assez profond pour celui qui n'a rien à perdre. Or, cette femme sublime et désemparée semblait ne rien avoir à perdre. J'éprouvais pour elle une immense tendresse qui se dissipa vite lorsque s'engagea le dialogue.

D'abord me parvint sa voix, stridente. Comment une voix si haut perchée, qui vous écorche le tympan à la première syllabe, pouvait-elle provenir d'un corps si gracieux ? Elle prit l'initiative de notre bref bavardage, peut-être l'avais-je dévisagée avec trop d'insistance. Elle voulut savoir où j'habitais, quel était mon métier, quel hôtel j'avais choisi à Sancerre. Ces échanges polis s'enchaînèrent au rythme de mes réponses, aussi laconiques que ses questions, jusqu'à la phrase de trop.

— Et vous avez des enfants ?

Il me fallut, dans un premier temps, encaisser la formulation sans équivoque de la question. C'était une affirmation qui glissait vers l'interrogation. Elle n'avait pas dit : « Est-ce que vous avez des enfants ? », mais « Et vous avez des enfants ? » Comme si avoir des enfants était une évidence, une normalité à laquelle je ne devais pas me soustraire.

— Non, répondis-je sur un ton le plus neutre possible.

Instantanément, le visage de ma voisine changea. Ses yeux devinrent inquisiteurs, scrutateurs, en quête du moindre signe qui aurait pu livrer un début d'explication à ce « non » lâché sans affect. Son compagnon, qui était resté à distance de notre conversation, se tourna, lui aussi, vers moi. Nos propos avaient soudain pris une tournure intéressante.

Cette scène, je l'avais vécue maintes fois sans avoir jamais réussi à m'épargner le chaos intérieur qui en résultait. Passé quarante ans, une femme qui n'a pas d'enfant est au mieux une égoïste qui souhaite conserver sa liberté, au pire un vagin sec que ne visite aucun homme assez longtemps pour y implanter sa semence. Entre ces deux tableaux s'intercalent d'autres portraits tout aussi peu élogieux : la collectionneuse, croqueuse d'hommes qui n'a jamais réussi à s'engager ; la malheureuse qui ne sait pas retenir ses amants ; la malchanceuse, celle que l'on surnomme l'« aimant à nullards » parce qu'elle multiplie les échecs comme on enfile des perles.

Dans le regard de ma voisine, et dans celui de la société tout entière, j'étais l'une de ces créatures. Une « sous-femme », qui n'a pas réussi à reproduire l'expérience la plus communément partagée par toutes les femmes de la planète : l'enfantement. De la mauvaise herbe.

Il est fascinant, le jeu de pouvoir qui s'immisce, sans qu'on y prenne garde, dans les rapports humains. Un instant auparavant, je contemplais cette voyageuse, triste et seule. Une naufragée que j'avais envie de bercer de douceur. À présent, en face de moi, se tenait une guerrière, sûre de sa suprématie, qui me toisait à la manière d'un magistrat sur le point de prononcer une sentence à perpétuité. Je la détestais pour ce jugement hâtif et sans appel. Et je me détestais d'avoir eu de l'empathie pour elle, qui n'en avait aucune.

Personne n'imagine à quel point un ventre resté désespérément vide est une blessure au fer rouge. Une blessure qui ne cicatrisera jamais. Au point d'avoir envisagé de me faire tatouer, hésitant entre : « La douleur, c'est le vide » et « La nature a horreur du vide ». Mon psy m'en avait dissuadée. Ce serait, disait-il, de l'autoflagellation, une punition pour une faute que je n'ai pas commise. Il avait raison. Ce n'était pas ma faute.

Pour m'éloigner au plus vite de ce couple toxique, je n'avais pas trouvé d'autre sortie que la surenchère.

— Eh bien non, je n'ai pas d'enfant. Enfin pas encore ! J'attends les ovules d'une Slovène. Ils sont consignés à la frontière. J'espère qu'ils seront encore congelés à leur arrivée. Sinon, j'essaierai la filière tchèque. Bonne fin de séjour.

Le cynisme est une armure.

Et alors que j'avais tourné les talons, m'apprêtant à rejoindre Raphaël, j'entendis la voix du mari, amusé par ma sortie, se diluer dans l'espace et la clameur de la cave :

— Je vous en prie, ne partez pas déjà, restez donc avec nous.

Quarante mètres me séparent de Raphaël. Cent quatre-vingt-quinze marches. Trois fois rien. J'attaque la montée de la tour des Fiefs, dernier vestige du château des comtes de Sancerre, avec la détermination d'une athlète s'élançant pour le cent mètres aux Jeux olympiques. L'amour donne des ailes. Certes... Mais l'alcool scie les jambes. Et l'ascension est plus difficile que prévu. Peu importe, rien ne m'arrêtera. À genoux, s'il le faut, je ramperai jusqu'à lui.

Mes membres sont endoloris. J'ai beau être sportive, je grimpe lentement, m'arrête pour reprendre mon souffle. Des enfants me dépassent en courant. Ils ne mesurent pas la chance d'avoir cette énergie à revendre. Tout leur être est déjà projeté vers demain : « Quand je serai grand, je ferai... », « Quand j'aurai dix-huit ans... » L'enfance est une somme de promesses dirigées vers l'avenir. Adulte, on fait les comptes, on égrène les résolutions tenues et les vœux pieux en regrettant l'enfance. On coche des cases. La sagesse, qui consiste à savoir que cette période insouciante passe en une fraction de seconde, et qu'il faut en jouir sans se projeter, arrive trop tard. La vie a passé. Que fait-on quand on est vieux ? On pleure ? Non, on meurt.

Un jour, peut-être, viendra le temps des sciatiques, des lumbagos, de l'arthrose, des cheveux qu'on ne teint plus, des jambes qu'on n'épile plus, des miroirs qu'on évite. Seule consolation, les couleurs se délabrent, on ne voit presque plus rien, les sons s'estompent, on pique du nez. Cela nous épargne notre propre spectacle et les commentaires des autres. S'il m'est donné d'être vieille, vraiment vieille, je passerai mes journées à manger, à dévorer tout ce que je m'interdis aujourd'hui pour garder la ligne. Je m'en donnerai à cœur joie si mon estomac le supporte.

Un jour, mon corps sera une épave. Quelle tristesse de façonner, au fil du temps, une embarcation aux courbes harmonieuses avec de belles voiles où s'engouffrent le vent et l'air du temps. Et de la voir rongée par la rouille, sans rien pouvoir y faire. En prenant soin de moi et en faisant un peu de yoga, la souplesse me fera peut-être la grâce de rester un peu. Mais à quoi bon, si je ne subis plus aucun abordage, ménager ma voile pour franchir les années ?

Décidément, l'épreuve de cette montée entame mon enthousiasme.

Je m'interroge. C'est plus fort que moi. Il ne faudrait pas.

Suis-je obligée de m'infliger ça, de grimper cet escalier qui n'en finit pas ? Ce sont les hommes qui prennent d'assaut les donjons pour secourir leur belle. Là, je cours, moi. Après quoi ? Après qui ? Après Raphaël, qui m'a échappé et qui m'échappera encore ? Sans issue.

Tant pis, je cours vers lui.

Enfin, arrivée en haut de la tour, je l'aperçois de dos. Il observe, appuyé sur une balustrade, le spectacle qui s'offre à trois cent soixante degrés sur les paysages du Sancerrois. Je suis étonnée de le voir se pencher dans le vide pour apprécier la distance qui le sépare du sol. Raphaël a toujours eu le vertige. Il semble ne plus l'éprouver. Est-ce que je le connais vraiment ? Avec la maturité, j'ai appris que nos certitudes, souvent, ne valent rien.

Je doute.

Je mesure le gouffre qui nous sépare et j'en ai des frissons. J'aimerais que l'espace se rétrécisse mais je sens bien que je n'ai pas de prise, que tout me dépasse. Qu'il n'y a rien à attendre.

En même temps, il est là. Tout proche. Il ne tient qu'à moi de le rejoindre, de noyer notre éloignement dans la Loire. Je ne me précipite pas.

Je fouille dans mon sac pour saisir mon appareil photo. Raphaël marmonne, sans même se retourner :

— Range ça, tout de suite. Viens plutôt profiter du panorama.

Je prends un selfie de nous deux, avec Raphaël en arrière-plan. Je n'aime pas l'image qui s'imprime. Nous sommes dos à dos. On ne voit que moi, de face. La silhouette de Raphaël reste lointaine.

Je range mon Polaroid et demeure immobile quelques secondes. Je cultive l'attente. Je laisse le désir me rattraper et s'emparer de chacun de mes sens avant de m'approcher de lui. Sa présence est à la fois magnétique et toxique. Elle peut me conduire à ma perte. Alors, je suis prudente, j'avance à pas feutrés pour ne pas me brûler, pour ne pas saigner plus. Je frôle son coude. Son cœur bat dans mes veines. Je n'ai besoin de rien d'autre. Une nuée d'oiseaux passe à tire-d'aile. Des hirondelles, peut-être.

— Tu as apprécié la visite des vignes ? me lance Raphaël.

— Oui, mais ça a failli mal tourner. Pendant l'orage, je me suis abritée sous le vieux chêne. La foudre nous est tombée dessus.

— Tu es devenue kamikaze. Tu ne l'étais pas avant.

— Tout le monde change. Regarde-toi, tu n'as plus le vertige.

— C'est pas pour ça que je saute dans le vide. Pourquoi tu te mets en danger ?

— Tu dramatises.

— Non, je constate. Tu as des conduites à risque et tu n'es plus une ado. Tu m'expliques ?

— Des conduites à risque ?! Tu es sérieux ? Tu te prends pour mon psy maintenant ? Il n'y a rien à expliquer. Parfois, je repousse les limites sans même y prêter attention. Je vais chercher le frisson. Pour me sentir en vie. C'est comme appuyer sur l'accélérateur pour prendre de la vitesse, accueillir des inconnus en stop, s'élancer d'une falaise en deltaplane. Tout le monde fait ça, non ?

— Non !

— Bon, on parle d'autre chose ?

— Je suis triste pour notre vieux chêne.

— Moi aussi.

À mon tour, je suis subjuguée par le point de vue de cette ville, à nos pieds, dont on peut appréhender tout le relief avec ses ruelles baignées de lumière et ses bâtiments dans lesquels se reflète le soleil. Il va bientôt tirer sa révérence. Nous allons profiter de ses derniers rayons. Je plisse un peu les yeux. Après l'orage aussi bref que soudain de ce matin, le contraste est saisissant. Tuiles et ardoises alternent en touches rouges et noires. Des bosquets dont les ombres s'étirent font place aux coteaux voluptueux des vignobles. Au loin, je distingue même le serpent de notre route s'éloignant dans le sfumato d'une destination incertaine.

La beauté appelle la beauté. Je ne décèle plus la moindre peine dans mes muscles malgré cette ascension laborieuse. Je suis bien. Légère. Je baigne dans cette douceur du jour qui décline. Les gens autour de moi me regardent, je ne saurais dire pourquoi. Est-ce ce ciel indigo qui me rend belle ? Leurs voix me parviennent, presque étouffées. Qu'elles se taisent. Je ne veux pas savoir ce qui se murmure. Je ne veux pas que tous ces gens s'interposent entre Raphaël et moi. Nous sommes encore très loin de Monaco et pourtant je me surprends à fredonner :

Monaco, vingt-huit degrés à l'ombre
C'est fou, c'est trop
On est tout seul au monde
Tout est bleu, tout est beau
Tu fermes un peu les yeux
Le soleil est si haut…
[…]
Ne dis rien, embrasse-moi quand tu voudras
Je suis bien
L'amour est à côté de toi…
[…]
Comme une vague blonde
Tu m'emportes déjà

Une petite table nous tend les bras. Dégustation de douceurs locales : crottin de Chavignol, jambon de Sancerre. Et eau minérale. Si j'avais su que Raphaël me ferait la surprise d'une soirée romantique, j'aurais moins tardé, je n'aurais pas trempé mes lèvres dans tous ces verres proposés par Jean lors de la visite de ses caves. Mes lèvres, je les tremperai volontiers dans celles de Raphaël ce soir, pour goûter à nos étreintes passées et ressusciter le bonheur qui a filé. En a-t-il envie lui aussi ? Je ne pense pas. Il ne veut pas que je me laisse aller. Il ne veut pas que je sois sentimentale. Il ne cesse de me le répéter, comme si une ligne rouge ne devait pas être franchie. C'est déstabilisant. Il veut m'écouter énumérer nos souvenirs, enfin les miens sans lui. Ça n'a aucun intérêt mais, après tout, s'il y tient. Les images du passé s'improvisent sans hiérarchie dans le temps ou dans l'intensité. Elles s'entrechoquent, se nourrissent les unes des autres jusqu'à former des scènes, des séquences, un film. Le film de ma vie sans lui. Un film que je n'aimerais pas voir au cinéma.

Raphaël est curieux et attentif.

— Tu sais que tu peux me parler de tes amants, sans gêne. Je sais tout.

— Tu ne sais rien du tout.

Il sourit et dans ses yeux espiègles, presque taquins, je perçois qu'il ne bluffe pas, qu'il ne cherche pas à m'arracher de confidences. Il sait.

Je revois le chemin parcouru depuis son départ. J'ai cherché son empreinte sans relâche, m'accrochant à l'espoir vain de le retrouver dans des hommes au creux desquels, depuis, je me suis abîmée.

Jusqu'à Pablo.

Pablo a été ma rédemption, mon salut. Un nouveau port d'attache. La certitude qu'on peut aimer encore et accepter de faire confiance.

Raphaël, sais-tu à quel point il a été difficile de renouer avec l'espérance, avec la douceur des gestes tendres ? De ne pas me sentir salie entre des draps froissés et moites qui n'étaient pas les nôtres. Les mains qui ont caressé ma peau étaient les tiennes, les doigts qui ont fouillé mon corps étaient les tiens, les sexes qui m'ont visitée t'appartenaient. J'ai fait l'amour comme on fait la guerre, les poings fermés, les mâchoires serrées, sans jamais baisser la garde. Sans rendre les armes. Les yeux fermés, eux aussi, pour continuer à te voir toi.

Raphaël m'offre un sourire compatissant comme s'il lisait dans mes pensées. D'un hochement de la tête, il m'encourage à m'épancher… et je poursuis à haute voix.

— Après toi – avant Pablo –, il y a eu deux hommes. Le premier – appelons-le V, il ne mérite pas plus qu'une initiale – est un acteur raté qui n'a pas réussi à percer. Il est passé derrière la caméra avant de produire des émissions de téléréalité. Bel homme, belle réussite, belle ascension sociale, mais frustré. Qui baise comme un frustré. Qui contracte le biceps quand une femme pose sa main sur son bras. Qui se regarde jouir. Qui a besoin d'écraser et de soumettre pour décharger. Il m'obligeait à me placer à quatre pattes sous le grand miroir du plafond de sa chambre. Je refusais de nous dévisager, ça l'excitait.

— Et alors ?

— Et alors, il me tirait les cheveux, devenait menaçant, me contraignant à me cambrer, à lever la tête pour ouvrir les yeux sur nos corps anguleux qui se fracassaient l'un contre l'autre. De temps en temps, il faisait claquer ses mains sur mes fesses. De plus en plus fort.

— Est-ce que tu aimais ça ? demande Raphaël, pas du tout gêné par l'impudeur de mes confidences.

— Non, mais je pensais ne pas mériter mieux. J'ai été consentante, je suis allée chercher ma fessée. Plus il tapait fort, plus ma chair avait mal, moins violent était le manque de toi.

— Et l'autre ?

— Le second, c'était différent. LM – lui mérite deux initiales – est l'obscurité dans la lumière, un soleil noir. Un artiste accompli, génie de la musique, compositeur, multi-instrumentiste, interprète. Une star de la chanson. À chacun de ses concerts, un parterre d'admiratrices se pâmaient à ses pieds mais c'était toujours dans mon lit qu'il venait s'échouer. Sans rien dire.

— Comment ça, sans rien dire ?

— LM est un homme qui prend mais ne donne rien. J'ai la faiblesse ou la naïveté de croire que ce n'est pas sa faute. Bien qu'il soit marié – ce qui m'a beaucoup arrangée –, il ne peut avoir ni femme ni maîtresse. La musique occupe toute la place. Elle est son seul horizon. Son unique destin.

— Comme beaucoup de musiciens, me fait remarquer Raphaël.

— Oui, mais un musicien avec un drôle d'instrument. La première fois que j'ai vu son sexe, j'ai cru défaillir, épouvantée par son engin épais et conquérant. Je n'ai pas eu le loisir de m'en émouvoir longtemps. Je te l'ai dit, LM prend sans rien donner et il prend d'assaut sans prévenir et sans préliminaires.

Raphaël veut tout savoir. Tant pis pour lui, je ne vais rien lui épargner.

— Avec lui aussi, j'ai eu mal. D'autant qu'il avait la souplesse d'un chat et voulait revisiter le *Kamasutra* à chaque face-à-face. Le plus sidérant dans cette liaison, qui n'a pas duré, est la dissonance de nos ressentis. Au premier coup de reins – le plus douloureux pour moi –, il s'arrêtait et glissait à mon oreille : « Quand je suis là, je me sens à la maison. »

— Quel con !

— Tu as bien résumé ! D'autant que je n'éprouvais que de l'étrangeté et du dégoût. Il faut dire qu'il était avare de son temps et de ses paroles, ce qui ne forçait pas mon désir. J'étais d'ailleurs frappée par son mutisme presque autiste alors que les textes de ses chansons magnifiaient l'amour dans tous ses états. LM est capable de tremper la plume dans la beauté la plus sidérante, de sublimer tous les sentiments en exaltant leur quintessence, mais entre nous il avait bâti une forteresse de silence et d'absences. Quand je le lui reprochais, il haussait les épaules avec cette phrase qui ne justifiait rien : « Nous avons une alchimie parfaite, c'est le plus important, réussir à être en résonance sans se parler. Que veux-tu de plus ? »

— Comment tu as pu rester avec ce type ?

— J'ai rompu une fois, deux fois, dix fois. Puis pour de bon. Il a cru utile de préciser, avant de se résigner à notre éloignement, que chaque demi-heure volée auprès de moi avait été plus intense que tous les mois passés dans les bras de n'importe quelle autre femme. Élégant pour son épouse.

Loin d'être décontenancé, Raphaël surenchérit, taquin :

— Ce n'est pas facile de passer après moi !

Cette boutade me rembrunit. Je ne suis pas d'humeur badine.

D'autant que je m'aperçois que ces deux hommes avaient un point commun : la volonté de me gommer. V avait besoin de tous les projecteurs braqués sur lui, il ne supportait pas que les visages se tournent vers moi quand j'entrais quelque part. LM, lui, ne pouvait pas prendre le risque d'être reconnu dans la rue à mes côtés. Pour l'un et l'autre, j'étais trop voyante. Ils ont tenté de me posséder en m'effaçant, en m'annulant, en me laissant choir au fond de leur lit. Et je me suis laissé faire parce que je voulais disparaître. Mon psy a résumé ces deux aventures avec une phrase dont lui seul a le secret : « Vous avez fort bien réussi à parfaitement échouer. »

L'air est soudain plus frais. Raphaël m'a écoutée avec une complicité qui a fini par m'exaspérer. J'essaie de déceler chez lui une crispation, de la jalousie, de la colère, du chagrin, de l'indifférence. Rien. Pas un indice. Rien ne semble l'atteindre. À ce moment précis, je pourrais le gifler, me ruer sur lui pour lui arracher les yeux et lui lacérer le visage. De rage.

Je ne sais pas ce qu'il pense.

Je ne sais plus qui il est.

Il voulait savoir, il sait. Je ne lui ai rien épargné. J'ai accouché de tout. Sans filtre. Mais à quoi tout cela rime-t-il ?

Il se lève pour venir étendre sur mes épaules l'étole en cachemire posée sur le dossier de ma chaise et déjà ma colère m'abandonne. Je voudrais lui dire de rester là, de caresser mes cheveux, d'embrasser ma nuque mais, après le récit de mes ébats désincarnés et son silence destructeur, le moment manque de poésie.

Déjà, il s'est éloigné pour se rasseoir en face de moi. La table entre nous est une zone interdite qui accueille, éparse, les pans de notre mémoire, les fragments de nos vies. Je prends conscience de ce qui a disparu et j'en tremble. J'ai peu à peu l'impression de m'extraire de mon corps, d'entendre mon souffle, la pulsation de mon sang dans les veines. Tel un spectateur au théâtre, j'apprécie à distance cette scène à la fois magnifique et tragique : Raphaël et moi, moi et Raphaël, en haut de la tour des Fiefs, attablés aux dernières lueurs du jour. Nous sommes beaux, merveilleusement assortis, mais la nuit nous sépare.

Deux âmes jumelles égarées et perdues.

— Tu ne devrais pas boire autant, finit par lâcher Raphaël.

— Boire ? De quoi tu parles ? Je suis à l'eau depuis le début du repas.

— Oui mais avant, tu as bu, non ?

— C'est tout ce que tu as à dire ? Je te raconte que je me suis offerte comme une pute, sans amour et sans désir, pour avoir plus mal encore que le mal de toi. Et tu me demandes d'arrêter de boire ? Tu n'as rien trouvé d'autre ?

La voix de Raphaël se brise.

— Tu as raison, tu devrais écrire des chansons. Te servir de tout ce que tu traverses pour écrire.

Le soleil vient de disparaître complètement. Il fait noir à l'extérieur et à l'intérieur de nous, de moi, alors que nous descendons en silence les escaliers de la tour des Fiefs. Les jeunes garçons que j'avais vus grimper à grandes enjambées nous doublent, toujours pressés. Je ne sais pas pourquoi, en les observant un peu plus tôt, j'ai pensé à l'enfance comme à un âge tendre. J'ai détesté mon enfance. Je n'en garde que des images en noir et blanc. Pas la moindre couleur, sauf peut-être ce baril de lessive recouvert d'un tissu orange, immonde, sur lequel je devais broder un baobab. J'étais à la maternelle. Je n'aimais pas mon institutrice, qui me le rendait bien ; ou était-ce l'inverse ? J'étais systématiquement exclue, consignée au coin et, durant la récréation, je restais seule dans la classe pour finir de coudre l'arbre, le plus grand d'Afrique. Je me souviens de ma tristesse et de mon désarroi. J'étais paralysée, ne saisissant rien de la situation, ne discernant pas ce qui m'était reproché ni pourquoi j'étais punie. La femme de ménage de l'école venait discrètement me consoler et, à la hâte, sans être vue, finissait la broderie que je n'aurais jamais eu l'idée de poursuivre, même enfermée au fond d'une cave. Je rêvais de l'Afrique, des branchages qui caressent le ciel, des odeurs dont nous avait parlé la maîtresse. L'arbre, je le peignais dans ma tête. Ce baril était moche et je savais que, sous le tissu, était inscrit : « Persil, la lessive qui lave plus blanc que blanc », or mon arbre, lui, ne pouvait pas passer à la machine, il aurait perdu ses couleurs. Il fallait qu'il reste là où il était, dans mon imaginaire.

Mes parents ont été convoqués. L'institutrice s'est plainte de mon entêtement à ne respecter aucune consigne. Elle a conclu sa longue liste de griefs par : « Votre fille est débile. »

Maman s'est mise à pleurer. Papa a tenté de la rassurer : « Comment peux-tu accorder de l'importance à l'avis de cette connasse ? » Très peu de temps après, la connasse a été confortée dans sa qualité de connasse par un ophtalmologue. Je n'étais pas débile mais hypermétrope, astigmate, avec un strabisme pour couronner le tout. Avec seulement un dixième à un œil et quatre à l'autre, je ne voyais rien, ce qui expliquait mes absences et ma difficulté à entrer dans les apprentissages. Il fallait d'urgence faire de la rééducation, porter des lunettes aux verres très épais et mettre un cache, en alternance, à droite et à gauche.

Ma vue s'est améliorée, Maman a continué de pleurer. Maman a pleuré toute mon enfance. Assise sur le lino de l'entrée, assise derrière la porte close de la salle de bains, assise sur le balcon, une cigarette à la main. Maman a toujours pleuré assise, à ma hauteur d'enfant. Et j'ai toujours pensé qu'elle pleurait à cause de moi. Aujourd'hui, je sais ses espoirs déçus, ses rêves avortés, l'élan coupé. Parce que j'ai interrompu sa jeunesse ? Parce que j'ai fracassé son entrée dans l'âge adulte en m'imposant alors qu'elle n'avait que vingt ans ? Parce que j'ai tué l'insouciance et la légèreté de l'étudiante ? En partie, peut-être. Suis-je pour autant responsable ou, pire, coupable ? Je ne crois pas mais cela laisse des traces et conditionne le lien qui s'installe par la suite.

J'aurais préféré qu'elle m'épargne le récit du cauchemar qu'a été pour elle la découverte de sa grossesse. « Le monde s'est effondré. C'était une catastrophe. J'étais en deuxième année de droit. Le soir quand les autres étudiants se retrouvaient au café ou allaient au ciné, moi je devais rentrer pour te nourrir, pour tirer mon lait. Plus personne ne s'intéressait à moi… J'ai fait de l'œdème, j'étais difforme, j'ai eu beaucoup de vergetures… Et puis je n'étais pas sûre de savoir ni de vouloir être une mère, moi qui ai perdu la mienne quand j'étais enfant. » Voilà en substance ce que j'ai entendu à l'aube de mes treize ans, lorsque j'ai posé des questions, découvrant que mes parents allaient fêter leurs treize ans de mariage peu de temps avant mon anniversaire. J'ai été tellement sidérée par la brutalité de ses propos que Maman a cru bon de rajouter avec plus de légèreté : « Tu es née avec un bonnet sur la tête, parce que le préservatif a lâché… Mais tu vois, avec Papa, on aurait pu te sacrifier, on a choisi de te garder. »

C'est beau, une naissance.

Par miracle, je ne lui ai fait aucun mal à la sortie. Pas de déchirure, pas de césarienne. Je suis arrivée « Comme une lettre à la poste, en deux heures, c'était fait ! L'expulsion a été une libération, alléluia ! » Et Dieu merci, tu as pu poursuivre tes études, même si tu n'as pas passé le concours du barreau.

Aujourd'hui encore, je me demande quel est l'intérêt de raconter à un enfant à quel point on ne l'a pas souhaité. Au nom de quoi ? De la vérité ? Quelle ironie, c'est toi, Maman, qui m'as appris que toute vérité n'était pas bonne à dire. Toi, Maman, dont les mots ne m'ont pas protégée et m'ont condamnée à n'exister que dans le désir de l'autre, des autres, pour réparer l'absence originelle. Tes mots s'écrasent encore contre mon ventre vide de femme inhabitée. J'aurais tant aimé, moi, donner la vie et, plus tard, dire à mon enfant à quel point je l'ai désiré de tout mon être. Cela n'arrivera pas.

Cela n'arrivera plus. J'ai dépassé la date limite de fraîcheur. Comment appelle-t-on une femme périmée ? Dis-le-moi, Maman, toi qui as le souci de la vérité crue.

J'ai le ventre vide. Ce n'est pas tout à fait vrai. C'est même un raccourci. Au fond de mon ventre, accrochée, comme une huître à son rocher, il y a l'angoisse. L'angoisse que tu as semée, par erreur. Sans y prendre garde. Tu ne sais pas ce que c'est, toi. Remercie le ciel. C'est un venin qui infuse lentement dans le corps. Parfois, il s'en évade, telle une bête qui aurait pris possession de mes entrailles et qui rugirait pour s'en extraire, pour me rappeler qu'elle est là. Quand la bête veut sortir, elle m'étouffe, me comprime l'estomac ou serre ma gorge jusqu'à fossiliser mes mâchoires. Elle est imprévisible. Sa plus grande force est de frapper lorsque je m'y attends le moins. Quand tout semble aller bien, elle se rappelle à moi. Pour que je n'oublie pas qu'elle est toute-puissante et que, dans sa grande mansuétude, elle peut m'accompagner à la vie, à la mort. Le reste du temps, elle demeure tapie dans l'ombre. Elle attend son heure. Ou elle devient sournoise et se déplace dans ma tête pour y semer le doute et l'inquiétude. Je ne sais pas à quel endroit exactement je préfère qu'elle se niche. Le ventre ou la tête ? C'est comme choisir entre la peste et le choléra.

Je sais, Maman, que tu n'as pas fait exprès. Tu n'étais pas prête. C'est tout. Les trois premières années, papi et mamie se sont occupés de moi, il fallait bien que tu ailles en cours. Tu rentrais un soir par semaine et le week-end. Papa, lui, était sous les drapeaux en coopération sur le continent africain. Je ne le voyais jamais. C'est à ce moment-là qu'est apparue ma coquetterie aux yeux. Il paraît que les strabismes ont des racines psychologiques. Ils se manifestent aux premières lueurs de la vie, chez des enfants désorientés qui ne savent pas qui aimer, qui suivre, dans quelle direction regarder. Soit ils se renferment sur eux-mêmes, et leurs yeux convergent vers leur nez ; soit ils s'éparpillent, ne sachant où donner de la tête et leurs yeux divergent, l'un préparant le poisson, l'autre surveillant le chat. Chez moi, la dispersion s'est installée. L'éparpillement a gagné. Et mes yeux balaient large, dans les deux sens.

De ces premiers pas dans la vie, j'ai des souvenirs discordants. D'un côté, une peur chevillée au corps avec des cauchemars récurrents de chutes vertigineuses qui peuplaient mes nuits. De l'autre, un amour inconditionnel pour mes grands-parents, qui sont restés mes héros au-delà de leur mort. Cet amour-là, indéfectible, aveugle, m'a donné une force et une confiance en l'humanité qui m'éclairent dans les moments les plus douloureux de mon existence. Cet amour-là est inscrit dans ma chimie.

Ensuite, Maman, tu as occupé le terrain. Tu as tenté de réparer ce que tu pouvais. Rééducation acharnée pour les yeux, grâce à laquelle j'ai désormais un regard droit qui ne se dérobe que lorsque je suis fatiguée. Dentiste toutes les semaines pour élargir mon palais et gommer une vilaine inversion de la mâchoire. Cures thermales à répétition pour venir à bout d'une rhinopharyngite chronique obstruant ma respiration par le nez. Surveillance quotidienne des devoirs pour être en tête de la classe. Tu n'as rien lâché. Tu n'as jamais capitulé. Tu n'avais aucune indulgence pour l'« à peu près ». Et tu as réussi un exploit. J'étais un vilain petit canard, tu as fait naître un beau cygne blanc. Je dis « naître » parce que je suis réellement née autour de mes onze ans, quand, enfin « rafistolée », j'ai commencé à exister pour les autres. Quand la séduction est entrée en jeu. Quand le pouvoir d'attraction s'est mis en place. La tête de Turc prognathe, serpent à sonnettes, a fait peau neuve et a enfilé le costume plus attrayant de la jolie jeune fille. La beauté a été mon sésame, ma résurrection. Mon entrée dans le monde. À partir de là, mes souvenirs se teintent de couleurs. Avant, rien d'autre que du monochrome.

Ton dévouement et ton amour, Maman, avaient un prix. Celui de mon attachement que tu as voulu indéfectible. Sans t'en rendre compte, tu m'as fait porter ta croix : celle de ne pas travailler, de ne pas te réaliser, de subir les déménagements imposés par Papa. J'étais devenue ton seul projet. Je le savais, donc quand tu pleurais, j'imaginais que c'était ma faute. Tu ne pouvais pleurer que parce que je t'avais déçue, parce que je n'étais pas à la hauteur de tes espérances. Et puis, tu n'as jamais été rassurante, Maman. Tu as entretenu mes doutes par encore plus de doutes. Tu n'as jamais su dire : « Ne t'inquiète pas », « C'est certain », « Tout est possible » ou « Je te crois ». Non, tu préférais la menace, le chantage affectif en laissant toujours planer le spectre du pire.

Ton indifférence si je m'insurgeais contre la moindre de tes volontés.

Le pensionnat si je ronchonnais pour faire mes devoirs.

La muselière du chien si je continuais à respirer par la bouche.

L'enfer et ses flammes si je commettais un péché. Un jour, après t'avoir dérobé une vieille broche de pacotille que tu détestais et ne portais jamais pour l'offrir à une fille de ma nouvelle école afin qu'elle devienne mon amie, tu m'as démasquée. Combien de fois ensuite t'ai-je demandé si, malgré mon forfait, j'aurais ma place au paradis ? Je promettais de ne plus jamais voler, j'implorais ton pardon. Ta réponse était la même. Implacable : « Je ne sais pas. Ce n'est pas sûr que les portes du paradis soient toujours ouvertes, on verra. » On verra quoi ? Tu ne pouvais pas mentir ? Parce que l'enfer m'était complètement égal, Maman. L'enfer, c'était de ne pas être avec toi. L'enfer, c'était la possibilité, même infime, d'être séparée de toi. Toi, qui rejoindrais forcément le paradis puisque tu étais une sainte et que tu avais tout sacrifié pour moi. Pour mon bien.

J'étais obsédée par mon sort après la mort. Surtout après cette phrase balancée, un après-midi, devant un passage clouté : « Certains jours, j'ai envie de me jeter sous les roues d'une voiture. » J'avais immédiatement renchéri que, si tu faisais ça, je me jetterais avec toi. Alors tu vois, l'idée que tu ailles au paradis et moi en enfer était une angoisse insurmontable. J'aurais tellement aimé que tu me rassures. Tu ne l'as jamais fait. Tu m'as appris à toujours envisager le pire avant le meilleur. Il a fallu que je travaille beaucoup sur moi-même pour inverser cette polarité et croire en mon étoile.

Tu m'aimes, Maman. Tu m'aimes infiniment même, mais de cet amour « redevable » qui enchaîne. As-tu inconsciemment voulu que je paie pour ce que je t'ai volé en venant au monde par erreur ?

Être une « erreur », c'est déjà un lourd fardeau ! Tu as toujours revendiqué t'être battue pour que je devienne une femme indépendante qui ne doive jamais rien à un homme. Aujourd'hui, tu prononces souvent avec fierté cette phrase qui veut tout dire et rien dire : « Tu es une femme libre, moi non. » Je ne sais pas ce qu'est une femme libre ! Être libre serait ne subir aucun joug, ne pas être prisonnière du passé. Moi, je suis une rose qui cherche à pousser sur un terrain miné. Quand le terreau est vicié, la rose est-elle libre d'éclore ? Non. Mais en effet, je suis plus libre que toi, car malgré mes chaînes, je cours après mes rêves et je n'accepte aucune entrave.

Maman, ce n'est pas dans l'ordre des choses, mais je m'envolerai peut-être au paradis avant toi. À quoi ressemble l'au-delà ? Je n'en ai aucune idée. S'il existe, je t'y attendrai et je te dirai que je ne t'en veux pas. Je ne t'en ai jamais voulu. Tu as fait du mieux que tu as pu. Avec qui tu étais. Et moi aussi, je t'aime.

***

Ce voyage au cœur de la France était plus éprouvant que je ne l'aurais imaginé. C'était un voyage au cœur de soi. En regardant par la fenêtre de la chambre de la pension de famille où Raphaël et moi avions déjà séjourné, je m'interrogeais sur la portée de cette plongée intérieure. Le ciel offrait encore un camaïeu d'orange et de rose. Bientôt le village de Chavignol serait dans le noir. L'éclairage urbain donnait du relief à l'artère principale qui semblait se détacher du paysage et indiquer le chemin à suivre vers les collines, au loin.

Mes paupières et mes jambes étaient lourdes. Je m'allongeai sur le lit et fixai le lustre accroché au plafond pour tenter de refréner mon étourdissement, probablement provoqué par l'anxiété. À cette sensation de pesanteur succéda celle de légèreté, beaucoup plus agréable. Peu à peu, mon corps se libéra de ses tensions et je flottai sur un voile de coton qui m'englobait de douceur. Ma respiration s'apaisa, devint plus profonde et régulière. L'appel du sommeil était irrésistible, émaillé de perceptions à la limite de l'hallucination. Je revoyais mon grand-père. Il était en face de moi. Je pouvais presque le toucher. Il me contait le mythe d'Hypnos, ce dieu grec qui déclenchait l'endormissement en déployant ses ailes devant un visage ou en le touchant avec une branche de pavot. Il avait le plus souvent les traits d'un enfant aux yeux cachés derrière ses bras, vivant dans une caverne traversée par le fleuve de l'oubli. J'aurais aimé me baigner dans ce fleuve, mais tout me portait vers la réminiscence, aux antipodes de l'oubli.

Emportée par le récit de mon grand-père, j'accueillais la caresse d'une fleur ou d'une plume, blanche, immaculée sur mes joues. Mes yeux étaient clos – j'étais bien trop épuisée pour les ouvrir – et pourtant je voyais de la buée sortir de ma bouche, entrouverte. Elle se répandait dans la chambre, jusqu'à former un brouillard laiteux. Je savais que cette vision n'avait aucune prise avec la réalité, que je sombrais déjà dans les bras de Morphée.

Soudain, une main aux doigts longs et délicats apparut. Elle était tendue vers moi. Sans la moindre hésitation, je la saisis et je tirai dessus pour savoir à qui elle appartenait. Une épaule se découvrit, puis un buste émergea de ce grand voile blanc. C'était Raphaël, oui c'était lui, jeune. Il avait vingt-cinq ans tout au plus. C'était le jeune homme que j'avais rencontré après mes études. Il me souriait. Je ne respirais plus. J'espérais qu'il s'approche encore de moi, mais déjà il lâchait ma main avant de disparaître complètement. J'aurais aimé hurler son nom mais je ne pouvais produire aucun son. Un bourdonnement résonna dans mes oreilles, suivi d'un sifflement. Je quittai l'océan de coton pour rejoindre mon lit, dur comme de la pierre. Mes draps étaient glacés. J'avais mal.

Non, il ne fallait pas que cela recommence. Je voulais supplier, mais qui ? J'étais la seule à pouvoir décider de respirer à nouveau. La seule à pouvoir dire stop à cette paralysie. De nouveau, un poids immense comprima ma poitrine. Une armée montant au front me piétinait. Impossible de me retourner, de rouler sur moi-même pour repousser la charge. J'implorai une amnistie comme un condamné avançant vers l'échafaud. Elle arriva, violente, semblable à mes expériences passées. Dans un effort inconsidéré, je repris mon souffle. Réveil d'une violence inouïe qui me laissa désemparée. Un instant plus tôt, j'étais fascinée par le décor dans lequel je me déplaçais avec allégresse. À présent, je pleurais, affaiblie par des crampes dans les jambes et le tronc. Les larmes coulaient sur mes joues, elles formaient un torrent de peurs et de douleurs. Il fallait que je me calme, que je reprenne mes esprits. C'était fini.

Était-ce un rêve ? Un cauchemar ? Je ne saurais le dire. Les deux, entremêlés.

Lentement, je parvins à m'asseoir. Je cherchai autour de moi. Raphaël n'était pas là. Quelle heure était-il ? Mon téléphone, qui était en charge sur la table de nuit, indiquait dix heures et quart. Comment avais-je pu dormir aussi longtemps ? Raphaël avait sans doute déjà avalé café et croissant. Il a toujours eu besoin de se nourrir dès le réveil et adore boire son crème aux terrasses des bistrots.

Je me fis la promesse de ne plus boire – je savais que je ne la tiendrais que quelques jours tout au plus – et de voir un spécialiste des apnées du sommeil à mon retour.

Je consultai mes e-mails. Pablo m'avait écrit. Pablo surgissait toujours au bon moment. Un grand bonheur m'envahit. Il était le meilleur antidote à mes angoisses, qu'il avait appris à anticiper et à calmer. Le simple affichage de son nom sur l'écran suffit à insuffler une onde de soulagement qui m'aida à changer d'humeur instantanément.

Ma Lisa,

Qu'il est doux de te lire, de t'imaginer aux pieds de ce vieux chêne. Si un jour, nous achetons une maison à la campagne, il faudra planter une forêt pour réunir tous les arbres qui peuplent tes souvenirs. Depuis ton départ, le banian dépérit. Ne ris pas, je t'assure, loin de toi, ses lianes qui viennent mourir sur le sol lui donnent des allures de saule pleureur. J'ai fini par l'aimer, tu sais, ce papier peint. Cette nature sauvage te ressemble avec son éclat et ses zones d'ombre. C'est un coin de paradis qui ne se livre pas tout à fait ; le relief y est dangereusement beau. Seul un explorateur prudent et patient peut accoster sur ses rives.

Sur le lit, j'ai étendu ta chemise de nuit. Chaque soir, avant de me coucher, j'enfouis mon visage dans la soie, je cherche entre tes seins les contours de notre histoire. Je convoque ces détails qui m'émeuvent aux larmes : cette petite veine qui gonfle sur ton front quand tu es émue, cette parcelle de peau, un peu plus douce, juste derrière ton oreille que je pourrais embrasser des heures, cette moue boudeuse qui assombrit par intermittence ton visage mais qui ourle ta lèvre inférieure et te rend si désirable, cet abandon que je ne te connais que lorsque tu sombres dans le sommeil après l'amour. Après l'amour, Lisa, tu n'es jamais secouée par ces affreuses gênes respiratoires. Après l'amour, Lisa, tu t'endors en souriant. Le sais-tu ? Te l'ai-je déjà dit ? Sans doute que non. Si je l'avais fait, tu te serais moquée de mon sentimentalisme, tu m'aurais reproché d'être trop « fleur bleue ». Tu n'aimes pas le romantisme. Depuis quand, Lisa ? J'ai la faiblesse de croire que, grâce à moi, tes nuits sont douces, que je balaie tes tourments de mes étreintes fougueuses. C'est un péché d'orgueil, je le sais, mais cette pensée me rassure, quand toi, tu me rassures si peu.

Les effluves de ton parfum « Dans tes bras » *me bercent. Dans tes bras, j'ai compris, dès le premier soir, que t'aimer comportait un risque, démesuré, celui de te perdre. J'aurais pu peser le pour et le contre, choisir de me protéger, d'avancer à couvert. J'ai choisi, sans réfléchir, de m'exposer, de tout donner. Cela me rend vulnérable puisque aujourd'hui, j'ai peur. Peur, Lisa, que tu ne reviennes pas malgré tes promesses, peur que tu sortes de ma vie comme tu y es entrée, sur la pointe des pieds.*

Km 930

Tu assures que parfois, il est préférable de ne pas poser de mots sur les choses : « Mettre des mots, dis-tu, c'est donner une réalité concrète à des émotions qui mériteraient de rester enfouies. Sans mots, elles n'existent pas, elles n'ont pas lieu d'être. » Je ne suis pas d'accord avec cette théorie de l'enfermement. Et puisque dans ton dernier e-mail, tu évoques nos colères muettes, je te fais le serment, désormais, de tout te livrer, sans retenue, sans appuyer sur le frein comme je l'ai fait jusqu'alors pour ne pas te brusquer. Je n'ai pas l'intention d'être le spectateur de notre vie, condamné à t'attendre. Aucun ressenti ne mérite de rester sans écho. Je m'autoriserai donc toutes les paroles, tous les mots… À l'exception d'un prénom que je ne prononcerai pas, même s'il me brûle les lèvres.

Je t'aime, reviens-moi vite.

Km 231 – Nevers...

Nevers, Moulins, Lapalisse... Partout, des ponts, des abbayes, des cathédrales, des châteaux taillés dans la même pierre blonde. Chaque monument mériterait une escale. La demeure du seigneur de La Palice, chef de guerre de François Ier, vaut à elle seule le détour. Devenu célèbre pour ses faits d'armes et ses truismes, il paraît que sur sa tombe, son épouse a fait inscrire : « S'il n'était pas mort, il serait encore en vie », à moins que ça ne soit « S'il n'était pas mort, il ferait encore envie ». L'épitaphe me laisse songeuse et amuse beaucoup Raphaël.

— Rien que pour cette double lapalissade, j'ai bien fait de monter en voiture avec toi !

Je ne sais pas pourquoi, je n'arrive pas à trouver cela drôle.

La concentration que demande la conduite de la vieille Alfa me précipite dans un état second. En m'enfonçant au cœur de la France, je me noie dans mes eaux souterraines. Les sentiments que je croyais avoir étouffés refont surface, accentués par la compagnie de Raphaël. Pourquoi est-il là, après une si longue absence ? Je n'ai jamais cessé de penser à lui. De lui parler. De moins en moins souvent certes, mais avec une obstination à la limite de la piété, pour amortir le choc de son départ et le vide abyssal qu'il a laissé en me quittant. Le revoir était illusoire, j'avais repoussé tout espoir. Me convaincre que « c'était fini », inscrire cette phrase définitive dans mon cerveau en la répétant deux mille fois par jour, a été mon salut. La voie ouverte aux lendemains. J'ai réparé mon cœur en regardant ailleurs, avec la patience d'un poseur de mosaïques dans la chapelle Sixtine, agenouillé sur le sol, pour recoller les morceaux, placer de nouvelles pierres, heure après heure, jour après jour, sans jamais se retourner pour admirer le plafond.

Faire le deuil de notre histoire a été l'expérience la plus douloureuse de ma vie. J'ai touché le fond, flirté avec les abîmes et les tentations les plus toxiques : l'alcool pour oublier, les anxiolytiques pour lâcher prise, les stimulants pour réussir à me lever le matin. J'ai même envisagé le suicide, pulsion fugace que j'ai repoussée à plusieurs reprises. Elle me tombait dessus n'importe quand. En me penchant du balcon d'une chambre d'hôtel. En haut des falaises d'Étretat, contre lesquelles venaient s'écraser les vagues. Sur les quais du métro souvent. Je m'approchais du bord, je savais qu'il suffisait d'un pas pour commettre l'irréparable. Je finissais toujours par reculer en imaginant mes os broyés sous la rame dont j'apercevais les phares au loin, et mon crâne fracassé sous les roues de la motrice. Je pensais alors à ma mère, qui avait dépensé tant d'énergie à courir les médecins pour harmoniser les traits de mon visage. Je ne voulais pas que dans son dernier adieu, elle puisse se dire : « Tout ça pour ça ! » Cette considération était ridicule et à mille lieues du désastre que représenterait mon suicide pour Maman, mais cette réflexion futile me ramenait à la raison et me faisait faire le premier pas en arrière. Le deuxième pas, je l'amorçais en imaginant Pablo. À lui non plus, je ne voulais pas offrir le visage de l'épouvante. Rester séduisante, coûte que coûte. Et puis au fond, je n'ai jamais voulu passer de l'autre côté. J'ai juste joué avec l'idée, hautement romanesque, empruntée aux héros de la littérature qui ont habité ma jeunesse. Même devant l'armoire à médicaments, je négociais avec la mort. Je l'interrogeais sur le « bon dosage ». Combien de cachets d'anxiolytique dois-je avaler ? Si j'en prends dix, ce n'est pas assez, si j'avale la boîte, je risque de vomir. Ce conciliabule avec la Dame en noir se concluait toujours par un profond découragement. Je me résignais à prendre un quart de Lexomil – ce qui n'était rien au regard de la boîte entière que j'avais projeté d'avaler trois secondes plus tôt –, et j'en éprouvais de la culpabilité parce que les tranquillisants sont mauvais pour le cerveau et favorisent Alzheimer. Sacrée culpabilité ! Mais ce quart de cachet, que je laissais fondre lentement sous ma langue, était suffisant pour étouffer, quelques heures, mon chagrin et m'enfoncer dans un sommeil cotonneux dont je me réveillais apaisée.

Devant mon armoire à médicaments, je ne suis pas morte. J'ai juste laissé mourir mon romantisme. Je ne serai jamais cette héroïne tragique qui met fin à ses jours, par amour, sur un parterre de fleurs ou dans une rivière au milieu des roseaux. Et je ne serai pas non plus cette amoureuse éperdue qui envisage de marcher dans la mer, main dans la main, à quatre-vingt-quinze ans, avec son âme sœur.

Sur mon armoire à médicaments, j'ai finalement tagué quelques-unes de mes formules magiques : « Merci », « Ils ne savaient pas que c'était impossible, alors ils l'ont fait ». Et cette citation de Jonathan Coe qui est comme une seconde peau : « La vie ne commence à avoir un sens qu'en admettant que parfois, souvent, toujours, deux idées absolument contradictoires peuvent être vraies en même temps. » Sur ma boîte de médicaments, j'ai enlevé les magnets avec la photo de Raphaël.

— À quoi tu penses ? me lance Raphaël.

— À la mort. Je me demande ce que l'on emporte avec soi et ce qui nous survit.

— Je préférerais que tu penses à la vie. À la mordre à pleines dents.

— C'est ce que je fais, non ?

— Pas en ce moment. Pas sur cette route.

Je ne veux pas tricher avec Raphaël. Le retrouver aujourd'hui, accepter qu'il m'escorte, c'est franchir un interdit et m'exposer à un grand danger : celui d'espérer, de croire que tout est à nouveau possible, qu'il peut m'aimer encore, comme au premier jour. C'est aller vers sa lumière – plus envoûtante aujourd'hui qu'hier –, imaginer une suite, effacer le mot « Fin », m'abîmer à nouveau dans notre grand amour et torpiller tous mes efforts pour l'oublier. Le risque est immense.

J'aimerais lui parler de tant de choses, chanter à tue-tête :

Écoute-moi si tu oses
Te parler d'autre chose
De ma vie en noir et rose
Embrasse mon côté face
Aime-moi pile et face

Lui dire aussi qu'il a réussi à m'extraire de l'enfance en faisant de moi une femme avant d'interrompre brutalement la métamorphose. Mais d'instinct, je sens qu'il ne faut pas aller trop loin. Le retour serait trop difficile. Il y a des voyages dont on ne revient pas. Qui a dit ça déjà ? Ah, c'est toi Raphaël qui le dis ! Merci de me rappeler ce dicton. Je sais que tu as raison et j'ai promis à Pablo de rentrer. Il ne mérite pas que je le trahisse.

Au volant de ma belle italienne, j'avalais les kilomètres en essayant de retrouver l'adrénaline de ma jeunesse mais je devais bien m'avouer que le plaisir de conduire était moins grisant. Ce qui m'avait séduit, à l'époque, dans la *coda tronca* – une ligne haute couture, une série limitée qui montre ses muscles, un pot d'échappement qui joue des vocalises à chaque accélération –, me semblait, à présent, ostentatoire et gênant. Je me faisais remarquer partout où j'allais. Dans un endroit perdu que je ne saurais plus situer, un attroupement anormal autour de moi m'avait procuré un profond malaise. Des gens, sortis de nulle part, s'approchaient de plus en plus près, m'observaient. Je percevais à peine leurs voix. Mais ils parlaient de moi, j'en avais la certitude. Ce n'était pourtant pas si extraordinaire, une femme au volant d'une voiture de collection. Qu'avaient-ils donc tous, à me dévisager avec autant d'insistance ? Je n'avais pas envie d'être vue.

La voiture était belle sous tous ses angles. Elle avait du tempérament, atteignant les cent kilomètres-heure en dix secondes, mais elle était inconfortable et je devais bien le reconnaître. Pas de climatisation. Pas de rangement à bord. Une assise au ras du sol qui m'obligeait à me contorsionner pour gagner l'habitacle. Une visibilité quasi inexistante à l'arrière. Aucune connectivité. Le pire, sans doute, était l'absence de direction assistée et les suspensions trop fermes. Au moindre ralentisseur, à chaque imperfection de la chaussée, mes vertèbres se tassaient, et il fallait un bon coup de main pour tourner le volant et bien négocier les virages. Heureusement, je traversais peu de villes où la conduite sportive, radicale, était une épreuve. Ma Spider était un fauve rugissant qui ne se laissait pas facilement apprivoiser et qui jamais ne se soumettait. La superstar, c'était elle. Quand je l'oubliais, elle me rappelait à l'ordre.

Ainsi, à deux ou trois reprises déjà, depuis mon départ de Paris, je m'étais laissé surprendre sur des routes sinueuses par des lacets serrés et j'avais failli embrasser le décor, ce qui m'avait donné quelques sueurs froides.

Le téléphone sonna. L'écran annonçait un appel de Pablo. Ce n'était certes pas prudent de tenir le volant d'une main, le portable de l'autre mais il fallait que je lui réponde après avoir manqué trois de ses appels en absence.

(...) Oui, je suis au volant, mais vas-y, je t'écoute (...) Quoi ? Je ne t'entends pas. Le réseau est mauvais. Pablo,

tu es là ? (...) Oui, je sais que c'est dangereux. Attends, je me gare sur le bas-côté à un endroit où je capte la 4G (…) Hein ? Comment ça, il se rétracte ? Tu veux dire qu'il n'achète plus la voiture ? (...) Il a changé d'avis. Pour quelle raison ? (…) Sa femme trouve que c'est une dépense superflue ! Il ne veut pas la contrarier, il s'excuse. Tu plaisantes ? Mais, tu lui as dit que j'avais déjà pris la route ? (…) Dans une heure, je serai à Lyon (…) Rebrousser chemin maintenant, ah non ! (…) Oui, j'ai compris qu'il n'achetait pas la Spider mais je vais quand même faire la route jusqu'au bout. Pour le retour, je mettrai la voiture sur le train à Nice (...) S'il te plaît, Pablo, je ne veux pas me disputer avec toi, je dois faire ce voyage (…) Non, tu ne me rejoins pas, je veux continuer seule. C'est important pour moi. Je serai de retour à Paris dimanche comme prévu (…) Je te torture ? Non, c'est toi qui me tortures ! (...) Est-ce qu'on peut arrêter cette conversation ? (…) Pablo ? Je t'embrasse.

Nous arriverons bientôt à Lyon. Une étape importante. Peut-être la plus importante. Je m'y prépare mais d'abord il y a Roanne. En quittant la campagne auvergnate, de ronds-points en centres commerciaux, au fur et à mesure que l'agglomération se fait plus dense, le retour à la faune urbaine produit sur moi d'étranges effets. Malgré la circulation, dans ma tête tout est fluide. Indifférente au stop-and-go des voitures, je suis accaparée par le spectacle que l'humanité donne sur les trottoirs. Conductrice distraite, mais observatrice extralucide, je suis saisie par une conscience aiguë des autres.

De tous les autres.

J'oublie mon passager. Ma curiosité est ailleurs. Je me surprends à détailler les inconnus qui s'offrent à ma vue. Les plus tristes m'accablent. Le SDF qui fait la manche au feu rouge, et dont les yeux vitreux ne communiquent rien d'autre que désespoir et lassitude. Le peintre en bâtiment qui trompe sa solitude avec une cannette de bière en regardant avec passivité défiler les passants du haut de son échafaudage à la pause-déjeuner. La jeune femme qui pleure sur le bord de la nationale, son téléphone à la main, et dont la voix s'étrangle. La vieille dame que l'on transporte sur une civière et qui s'inquiète pour son chat, resté dans l'appartement. J'ai de la peine pour eux et je ne peux m'empêcher de penser que, définitivement, inéluctablement, on traverse cette vie seul. J'envisage la suite comme l'auteure d'un scénario. Le SDF livrera son dernier souffle, un soir d'hiver, dans le froid d'une ville qu'il ne connaît pas et qui ne le voit pas. Le peintre en bâtiment sera remercié après trente années de dur labeur, remplacé par un homme plus jeune. Il maudira le patron qu'il a contribué à faire prospérer et qui le pousse dehors sans ménagement, une fois qu'il est usé et à bout de forces. La jeune femme rebroussera chemin et rentrera chez elle, désabusée, pensant ne plus jamais réussir à aimer. La vieille dame sera placée en maison de retraite sans pouvoir dire au revoir à son chat, sa seule raison de rester sur cette Terre.

Cette intuition soudaine des gens qui m'entourent, cette connaissance émotionnelle innée me désarçonnent. J'ai peur de sombrer dans la folie, car je me sens investie du pouvoir de lire dans les pensées. J'ai toujours eu du plaisir à imaginer le présent et le passé des anonymes autour de moi, comme cette femme attablée à mes côtés dans la cave de Sancerre, mais cette fois je vais bien au-delà. Je m'immisce dans les esprits, je cartographie les âmes, j'inspecte les consciences. Je crois deviner l'avenir. Est-ce le fruit de mon imagination ? Ce vent incessant qui s'engouffre dans mes cheveux et assourdit un peu mes perceptions ? Il faudrait que je pense à fermer la capote de la Spider. Le besoin d'embrasser un autre destin ? Les signes avant-coureurs d'un burn out ? Je dors peu, affaiblie par ces apnées qui m'épuisent. Peut-être est-ce la crise de la quarantaine qui m'invite à ne plus être une seule femme, mais toutes les femmes. Toujours est-il que j'ai la tentation de partir à la découverte de ces gens au bord de mon chemin pour leur tendre la main ou goûter à leur bonheur. Parce qu'il y a, aussi, des gens heureux. Je me glisse avec jouissance dans leurs habits et j'extrapole. Je suis tour à tour une pilote de chasse supersonique et tête brûlée, une danseuse de cabaret sensuelle et impudique, un agent secret du Mossad, une Inuite en Alaska, une chanteuse d'opéra, un violoniste. Je suis l'homme et la femme. Je ne suis plus une mais plurielle. Je suis l'humanité. Je suis traversée par toutes les sensations. Et surtout, je suis bonne à interner. Cette route m'épuise.

Km 380 – Roanne

Nous traversons Roanne. Bruyante, industrieuse et commerçante. Raphaël me tire de mes divagations mystiques en plaçant autour de mon cou un foulard offert vingt ans auparavant, lors d'une halte dans un magasin de soieries. Il avait choisi le plus chargé des carrés pour que je me laisse surprendre par la combinaison infinie de motifs. Il s'applique à le nouer dans ma nuque sans piéger de mèches blondes dans l'attache.

Il a toujours le souci du détail, en revanche son caractère a connu quelques inflexions. Il est très attentionné avec moi, mais veille à garder une distance raisonnable de sécurité. Chaque contact avec ma peau – lorsqu'il effleure ma main ou qu'il frôle ma nuque – semble le brûler. Il s'écarte de moi aussi vite qu'il s'est approché. J'en suis désorientée et je me demande s'il n'éprouve pas un certain dégoût, à l'image d'un homme glacé de ne plus aimer. Il est devenu avare de paroles, lui si loquace autrefois. Il faut que j'apprenne à lire dans ses silences.

En société, il est encore plus sauvage. Au début, je mettais cela sur le compte de la discrétion, pour ne pas me compromettre. Mais son attitude m'inquiète. Je soupçonne l'existence d'un secret dont il n'arrive pas à me parler. J'en ai même la certitude et elle ne fait que grandir.

À un feu rouge, Raphaël m'interpelle :

— Ce n'est pas ton ancien amant, là-bas sur l'affiche ?

— Hein ? Qui ?

— Le beau mec, belle ascension, belle réussite mais frustré, qui baise comme un frustré. Le type qui te claquait les fesses quand tu refusais de te regarder dans le miroir.

Je ne sais pas ce qui me sidère le plus : que V s'invite dans mon voyage avec son portrait placardé sur la devanture d'une librairie ou la décontraction de Raphaël lorsqu'il évoque, comme le ferait une bonne copine, mes parties de jambes en l'air passées en reprenant mes mots crus.

— Tu as vu, il a écrit un bouquin. Il le dédicace ce soir à dix-huit heures, poursuit Raphaël.

— Je m'en fous.

— Tu devrais y aller. Ça vient de commencer.

— Quoi ? Tu plaisantes ? Je n'ai plus rien à dire à ce type. D'ailleurs, je n'ai jamais rien eu à lui dire.

— Réfléchis, insiste Raphaël.

— Qu'est-ce qui te prend ? Qu'est-ce qui te motive ? Pourquoi veux-tu que je revoie ce mec que je ne suis pas très fière d'avoir rencontré ?

— Parce que aucune rencontre ne se fait par hasard. Parce qu'il y a toujours quelque chose à apprendre des erreurs de parcours et parce que je ne veux pas que tu gardes en toi de la colère ou de la rancœur.

— Je n'ai ni colère ni rancœur vis-à-vis de ce mec.

Des coups de klaxon persistants m'indiquent que le feu est passé au vert. L'automobiliste derrière nous fait crisser ses pneus et nous double en vociférant. Raphaël ignore la volée de bois vert et m'invite à me garer sur le parking devant la librairie. Il poursuit :

— Tu n'as pas digéré, tu n'acceptes pas. Tu vis encore cette aventure comme une expérience qui t'a salie.

— C'était dégueulasse.

— Pas tant que ça. Et surtout, ce n'est pas comme ça qu'il faut le voir. C'est important de savoir refermer des parenthèses en se disant que le jeu n'en valait peut-être pas la chandelle, mais sans rougir.

— Euh, tu as oublié de me dire un truc ? Ces dernières années, tu as fait une retraite prolongée dans un ashram, tu es devenu moine tibétain, tu as pris du LSD et tu attends encore la descente. C'est nouveau cet esprit *peace and love* ? Je t'ai connu plus piquant et plus acerbe.

— Tu as raison, je pense que désormais le plus important est d'être en paix avec soi-même.

— Je vois… Et sinon, tu souhaites que nous dissertions sur la bienveillance ? C'est le mot à la mode en ce moment. De la bienveillance par-ci, de la bienveillance par-là… C'est même une posture, en particulier chez tous ceux qui en sont totalement démunis.

— Tu es paradoxale, Lisa. Tu m'as confié tout à l'heure que tu avais une conscience décuplée des autres. Que tu te sentais en empathie avec tous ces gens que nous croisons sur la route. Et là, tu as l'occasion de positiver une expérience que tu as mal vécue et tu rechignes. Vas-y ! Je t'attends à l'hôtel. Tu as bien réservé cours de la République ?

Sans attendre ma réponse, Raphaël descend de la Spider. La portière claque comme une gifle en pleine face. Des images de chute, de mal-être me traversent l'esprit. Le coup d'œil dans le rétroviseur ne me rassure pas. C'est comme découvrir quelqu'un d'autre. Une femme maquillée comme moi, coiffée comme moi. Mais pas moi. Quelqu'un d'autre. Encore ce sentiment d'étrangeté. Ces derniers jours se sont enchaînés à une vitesse vertigineuse et chaque moment, aussi intense soit-il, a fini par se diluer dans la brume, rendant l'ensemble flou. Comme mon visage dans la glace.

Je repense aux paroles de Raphaël. Il me pousse à ne pas renier le passé, à regarder en face la femme que j'étais lorsque j'ai rencontré V. Il voudrait que je la considère avec tendresse. Que je me réconcilie avec elle. Peut-être a-t-il raison après tout ? J'ai pourtant cherché à la faire disparaître, à la gommer.

La librairie est accueillante avec ses parquets anciens, ses étagères en bois et cette fenêtre au fond qui laisse entrevoir une cour fleurie d'hortensias avec quelques chaises à l'attention des clients. Peu à peu, je retrouve mon calme intérieur. Peut-être parce que les livres m'ont toujours consolée, offrant une caisse de résonance à mes sentiments, à mes tourments, à cette intensité en moi que je peine à retrouver chez les autres mais qui habite les grands personnages rencontrés dans les romans. Les livres sont des amis fidèles qui me procurent l'impression de ne pas être seule dans un ailleurs plus vibrant que la vie. Je suis tentée de parcourir les quatrièmes de couverture des derniers ouvrages parus, mais je suis stoppée dans mon élan par cette affiche au mur avec la photo de V et le titre de son livre : *Un monde en soi*. En sous-titre *Autobiographie d'un enfant meurtri, récit d'un parcours hors du commun*. Me parvient ensuite sa voix, lointaine alors qu'il s'adresse à une lectrice : « Que ce soit sur le petit écran, dans mes émissions de téléréalité ou lorsque je suis acteur, je raconte des histoires de gens ordinaires qui rêvent d'une vie extraordinaire. Je tends la main aux écorchés, aux égarés, aux contrariés parce que c'est important de faire entendre leur vérité. C'est ma façon de rester connecté avec la réalité, de rendre aussi ce que l'on m'a donné. J'ai eu une enfance difficile. J'ai vécu des années d'errance, mais j'ai eu la chance de rencontrer les bonnes personnes au bon moment et ça m'a donné une foi indéfectible en l'homme, en l'humanité…

Comment vous vous appelez ? Vous avez un très beau chemisier… »

J'ai envie de rire. J'ai du mal à me contenir tant cette fausse modestie, cet altruisme « prêt à l'emploi » sonnent faux. Fidèle à son narcissisme chevillé au corps, V a donc écrit une autobiographie. À quarante-cinq ans ! Pourquoi pas des mémoires !? Et cet homme qui ne jouit jamais aussi bien que lorsqu'il se caresse le nombril essaie de faire croire à ses admiratrices que sa seule ambition est d'aider les autres.

Consternant.

Mais le charme opère.

La ménagère de moins de cinquante ans habitant Roanne fait la queue pour croiser le regard de braise de V et se voir gratifier de quelques mots flatteurs et bien choisis.

Moi aussi d'ailleurs, je fais la queue. Je me place dans la file d'attente en prenant garde à bien rester cachée derrière la personne devant moi pour ménager mon entrée. Je serais presque amusée à présent de me trouver ici.

Quand vient mon tour de me poster devant V, je prends mon temps. Tant d'années se sont évaporées. Une partie de moi ne demande qu'à baisser la garde, l'autre se méfie. Je suis soulagée de constater que mon cœur ne s'emballe pas, que ma gorge ne se serre pas. Pas de frémissement. Pas de nausée. Et pas d'appréhension.

V lève les yeux sur moi. Sa surprise est visible. Il rougit comme un enfant pris en faute.

— Hey ! Qu'est-ce que tu fais là ?

— Je passais dans le coin.

— Seule ?

— Qu'est-ce que ça change ?

— …

— Alors, tu as écrit une autobiographie ?

— Oui, j'en avais besoin. Pour me réparer. Enfin, tu sais…

À moi, au moins, il dit la vérité. Il a bien écrit ce récit pour lui, ne s'en cache pas et cette sincérité me réconforte. Plus très envie de le provoquer.

— Tu veux que je te dédicace mon livre ?

— Allez !

Nous avons tous nos vices et nos motivations cachés. V a une soif démesurée de reconnaissance. En permanence. Pour racheter les absences de son enfance.

Étonnamment, cela me rend triste pour lui. J'ai davantage envie de l'écouter que de l'accabler.

— Il y a un passage sur toi dans ce livre. Si tu veux, tu m'attends. J'ai les clés, c'est moi qui ferme la librairie ce soir.

— Non, je ne peux pas rester.

— Tu as tort, tu vois le miroir là-bas…

Je sais d'instinct où il veut en venir. L'allusion est grossière, directe. Et déjà V poursuit :

— Réfléchis, quand tout le monde sera parti, je te lirai le passage qui te concerne et ça te donnera peut-être des idées. Comme au bon vieux temps.

J'avais oublié qu'il pouvait être aussi grivois. Je suis tentée de rétorquer que ce sera pour une autre fois parce que je n'ai pas pensé à prendre ma panoplie de pute.

Mais l'évidence est plus forte : tout cela ne me concerne pas.

Tout cela ne me concerne plus.

Silencieuse, je me lève, tourne les talons en omettant délibérément son bouquin dédicacé. Je me dirige sans empressement et sans émotion vers la sortie.

La libraire tente de me retenir :

— Il y a un petit cocktail à la fin de la séance de signatures. Une coupe de champagne, ça ne vous tente pas ? Restez avec nous !

Je marche dans la ville, sans but.

Je fais une rapide check-list de mes états d'âme.

Est-ce que je suis troublée par ce qui vient de se passer ?

Pas du tout.

Est-ce que j'ai du ressentiment ?

Aucunement.

Est-ce que j'ai de l'empathie pour cet homme comme pour tous ces inconnus croisés ces derniers jours qui m'ont émue ?

Pas franchement. Parce que V est un manipulateur et un menteur et que je n'ai aucune indulgence pour ces deux travers.

Est-ce que, pour autant, il me dégoûte ?

Non. Même sa proposition déplacée glisse sur moi comme de l'eau claire.

Est-ce que, je me suis réconciliée avec moi-même ? Peut-être. Cet épisode du passé me paraît anecdotique au regard de tout ce que j'ai expérimenté depuis.

Alors d'où vient cette amertume ?

De Raphaël, dont je ne m'explique ni les gestes ni les paroles. Et de cette impression désarmante de perdre le contrôle de ma vie.

Une femme avec un nourrisson dans une poussette me double. Sa chevelure, une crinière dorée, ondule dans le soleil du soir. Elle est l'élégance incarnée, campée sur des talons hauts, vêtue d'une robe qui met en valeur la finesse de sa taille et ses formes avantageuses.

Sur son passage, les têtes se retournent. Les piétons la contemplent, aimantés par sa grâce et son allure. Elle me fait penser à une fée.

Je me demande d'où lui vient cette assurance. Elle est belle. Elle le sait sans doute. Mais il y a autre chose. Il y a ce bébé qui vient de naître. Il est sa fierté, sa raison de vivre, son prolongement, son éternité. Je le perçois aussi distinctement que si j'ouvrais son journal intime. Voilà ce qui rend cette femme sereine et solaire. L'enfant.

J'ai besoin de voir son visage. Leurs visages.

Je place mes pas dans ceux de cette inconnue alors qu'elle pénètre dans une galerie marchande. C'est la première fois que je suis quelqu'un dans la rue. Sensation grisante.

J'essaie d'imaginer son quotidien, son âge, ses goûts. Elle entre dans un magasin de décoration et s'attarde sur des objets en bois. Elle s'empare d'un pantin désarticulé. Il me ressemble.

À présent à ses côtés, je pourrais presque la toucher.

Elle a la peau diaphane et des yeux transparents.

J'ai soudain envie d'être cette femme.

Être elle. Pas moi. Elle.

Désir impérieux comme celui de sauter à l'élastique, de nager dans des eaux cristallines, de voler en chute libre. L'adrénaline crée une euphorie. Tout mon corps est électrisé.

Sans réfléchir, guidée par une pulsion incontrôlable, je m'approche de la poussette, détache l'enfant, le prends dans mes bras.

Ne pas le serrer trop fort pour ne pas le faire pleurer.

C'est un garçon. Oui, un joli petit garçon qui toute son existence aimera sa maman.

La mère, justement, me tourne le dos. Elle est allée s'entretenir quelques mètres plus loin avec une vendeuse.

Je me sens bien avec Jules.

Il s'appelle Jules. Son prénom est inscrit sur le lange qu'il tient dans ces mains minuscules.

Lui aussi se sent bien avec moi. Il me sourit.

Alors je vais partir. Quitter le magasin.

Moi et Jules. Jules et moi.

Je pars.

Dans l'allée centrale de la galerie marchande, j'entends les hurlements de la fée qui déchirent l'espace : « Mon bébé ! Quelqu'un a pris mon bébé ! Aidez-moi, au secours ! »

Je continue de marcher tranquillement. Rien ne peut m'atteindre. J'ai quitté le sol.

Moi et Jules. Jules et moi.

Ravissement de courte durée. Déjà on s'élance à mes trousses : « Là ! C'est elle qui enlève mon bébé ! Arrêtez-la ! »

Un homme me saisit le bras avec poigne. Il me fait mal, m'obligeant à m'arrêter. C'est manifestement un vigile du centre commercial. La mère m'arrache Jules des bras et m'insulte.

— Espèce de cinglée ! Vous êtes une grande malade. Qu'est-ce qui vous a pris ?

La fée est moins belle tout à coup. On dirait une sorcière.

Hébétée, aucun son ne sort de ma bouche. Ma mâchoire est fossilisée. Un malaise s'est emparé de tout mon être et il se transforme en désarroi.

Qu'est-ce qui m'a pris ? C'est une bonne question.

— Vous pouvez y aller, madame, assure le vigile à la mère de famille en arborant une mine désolée. Plus de peur que de mal. J'espère que vous resterez fidèle à notre enseigne. Encore toutes nos excuses pour cet incident regrettable.

S'adressant à présent à moi, il poursuit :
— Vous, en revanche, on vous garde. Restez avec nous.

Le bureau de la sécurité du supermarché est impersonnel. À peine six mètres carrés. Un espace sans fenêtre, pour un jour sans fin à l'issue incertaine.

Sans m'en rendre tout à fait compte, mon corps a mis en place un système de défense pour éloigner tous ces signaux rouge écarlate qui menacent mon équilibre physique et psychique. D'abord la posture. Je me tiens droite comme un I, raide comme un bout de bois, mes vertèbres comme scellées les unes aux autres dans un marbre épais pour m'éviter de tomber. Ensuite la respiration : inspirations par le nez, expirations par la bouche dans un mouvement imperceptible pour repousser les sueurs froides qui me parcourent l'échine.

Et puis le regard dans le vide, ou plus exactement posé sur le mur face à moi sur lequel sont punaisés des avis de recherche. Des photos d'enfants essentiellement.

Disparus, enlevés par des cinglés comme moi.

Le monde, mon monde s'apprête à vaciller face à cette vision terrifiante que je voudrais effacer en fermant les yeux : je me suis enfuie avec un enfant.

Qui n'était pas le mien.

Je l'ai arraché à sa mère.

J'ai perdu la tête.

Je ne peux pas revenir en arrière.

C'est irréfutable. Irrémédiable.

Et passible sans doute d'une peine d'emprisonnement.

Le vigile m'accable avec son interrogatoire auquel je peine à répondre.

Il veut comprendre.

Comprendre quoi ?

Pourquoi j'ai enlevé ce bébé ?

Je ne sais pas.

Les boutons de sa chemise ne sont pas boutonnés correctement.

Lundi avec mardi.

Cela me contrarie.

Je n'écoute pas.

Je ne veux pas écouter.

Je ne veux pas entendre.

D'ailleurs, comment expliquer l'inexplicable ?

Alors je compte.

Les boutons.

Huit.

Je pourrais lui dire de les placer correctement.

Ce serait malvenu ? Sûrement.

Il insiste. Veut savoir pourquoi.

Parce que la pensée a ses méandres mystérieux et suicidaires dont on se demande quelle force obscure les a guidés. J'admets que ce n'est pas la meilleure des défenses, alors je ne réponds pas.

Mais ce type est con et ne lâche rien.

Pourquoi on vole un enfant ?

Cinquième fois qu'il demande.

C'est évident, non ?

Apparemment non, ce n'est pas évident. Et puis tout de suite les grands mots : « voler », « enlever ».

Je n'ai pas volé cet enfant. Je l'ai emprunté. Un instant. Nuance.

Juste pour entrevoir une version de moi-même qui n'existera jamais dans la vraie vie.

Ce vigile prend un plaisir sadique à me cuisiner, à faire durer cet exercice de contrition qui, s'il ne s'arrête pas très vite, va me faire vomir. Ou mourir.

Et il est décidément très, très con. Il poursuit : où comptais-je m'enfuir avec le bébé ?

Mais je n'ai jamais eu l'intention de m'enfuir ! Je voulais juste tenir ce bébé dans mes bras, écouter son souffle, effleurer ses doigts, me plonger dans ses yeux, lui sourire et l'aimer. Immédiatement. Comme si c'était le mien.

Et sentir aussi le regard des autres sur moi avec un nourrisson tout contre moi.

Les autres vous regardent avec douceur.

C'est une caresse.

Je n'ai pas voulu m'enfuir.

Je n'ai pas voulu l'enlever.

Juste ressentir.

Comme dans la chanson :

C'est juste une illusion
À peine une sensation
Qui dirige tes pas
Et te montre du doigt
Où tu vas, où tu vas

Juste une illusion
Comme une bulle de savon
Qui s'approche de toi
Que tu touches du doigt
Puis qui s'en va
Qui n'est plus là

Le vigile connaît la chanson. Je marque enfin un point. Tout le reste le laisse dubitatif. D'ailleurs, il se gratte la tête, entrelace ses mains derrière son crâne et s'enfonce dans le dossier de sa chaise. Je vois bien qu'il hésite. Qu'il cherche une issue. Qu'il ne sait plus quoi faire de moi.

— Faut vous faire soigner. Arrêtez vos conneries. Un jour, vous tomberez sur un mec beaucoup moins sympa que moi et vous finirez au poste. Vous avez de la chance, c'est vendredi soir et je n'ai pas envie de passer ma soirée chez les flics. Alors dégagez, et que je ne vous revoie plus traîner dans le coin.

Sans attendre, je ramasse mon sac et me dirige, tête basse, vers la sortie.

Il me reste cette route à poursuivre. Sans enfant.

***

En découvrant ma mine déconfite à mon arrivée à l'hôtel, Raphaël veut savoir. Je lui raconte brièvement l'incident du supermarché. Sans affect. Les faits, rien que les faits.

Je n'ai pas de raison de mentir.

Entre nous, le silence s'installe.

Et la nuit tombe sur nos solitudes amères.

Sans dîner, je vais me coucher. La dernière chose dont je me souvienne, ce sont ces vagues de chagrin au creux de mon ventre. Un mélange d'humiliation et de désillusion. J'essaie de faire le bilan de ma journée, mais mon cerveau ne filtre plus aucune information. Il les laisse filer sans jugement.

Spectatrice de ma propre vie.

Je veux ne plus rien éprouver. Oublier.

Assommée, je m'endors.

Au petit matin, nous quittons Roanne, la capote tirée au-dessus de nos têtes. Protégée par cet habitacle exigu, je me sens beaucoup mieux. Raphaël, lui, en revanche, a le visage fermé des mauvais jours. Ses mâchoires sont crispées. Pour briser la glace, je tente timidement :

— Ça ne va pas ?

— Il faut qu'on parle. On ne peut pas faire comme si rien ne s'était passé, répond-il du tac au tac.

— On n'est pas obligés d'en parler.

Je sens la fureur de Raphaël. L'orage va éclater. Quel dommage, le soleil n'a jamais été aussi salvateur, mais il persiste :

— Tu te rends compte de l'absurdité de tes actes ? Ce matin, tu pourrais être enfermée.

— À l'asile ou au commissariat ? je réponds avec ironie.

— Ce n'est pas le moment de faire de l'humour.

— Ce n'est pas le moment de me faire la morale. Tu es très mal placé, il me semble.

— Au contraire, rebondit Raphaël, je suis le mieux placé. Regarde autour de toi. Tu vois quelqu'un d'autre ?

— Tais-toi. Ne me pousse pas à être vulgaire.

— Cette histoire d'enfant tourne à l'obsession. Tu ne vois pas que c'est en train de te dévorer ?

— À qui la faute ?

— Tu ne peux pas me tenir responsable de tes actes manqués. Tu es en train de tout foutre en l'air. Tu veux vraiment gâcher ta vie.

— Ma vie, c'est toi qui l'as gâchée.

Cette discussion prend une tournure que je déteste. Elle me pousse dans mes retranchements et je deviens vipère. Ma langue fourche. Ma dernière remarque est injuste. Je cherche à lui faire mal, à le contraindre à m'éclairer sur tout ce que nous avons manqué. Alors tant pis pour le venin que je viens de cracher, je continue :

— Pourquoi tu as toujours refusé de me faire un enfant ?

— Je n'en voulais pas.

— Tu radotes. Cette phrase, je l'ai déjà entendue. C'est une formule toute faite qui ne veut rien dire. Je veux savoir pourquoi. Tu n'aimes pas les enfants ? Tu pensais que j'étais indigne d'être mère ? Qu'un couple comme le nôtre ne méritait pas de se reproduire ?

— Arrête ! On ne va pas remettre ça.

Raphaël a crié en disant : « Arrête ! » C'est la première fois qu'il élève la voix depuis notre départ. Et cela me fait du bien. Enfin une réaction qui sort du cadre. Je n'en pouvais plus de son stoïcisme à toute épreuve, de cette sagesse soudaine que j'ai envie d'écraser sur le bitume.

J'emploie le même ton que lui et je hurle :

— Pourquoi ?! Réponds !

— Parce que je n'étais pas certain d'être un père.

— Ça veut dire quoi « être un père » ?

— Ça veut dire être présent. Faire le choix d'être là. Je ne pouvais pas. C'est clair ça, non ?

— Très clair, je te remercie.

Un coup d'accélérateur suffirait à nous envoyer dans le décor. Je suis tentée. À quoi bon ? J'ai assez dansé sur le fil ces derniers jours.

Je pense aux personnages de dessins animés qui marchent au bord des falaises. Ils finissent toujours par tomber, par s'écraser au sol. Mais ils se relèvent.

Parce que ce sont des superhéros.

Nous, nous ne sommes que des êtres imparfaits étranglés par nos désirs inassouvis, avec nos limites et nos empêchements. Cette divagation me permet de redescendre en tension. Il faut clore cette conversation stérile. Après tout, Raphaël m'a livré sa vérité. Je dois la respecter. Et puis, nous arriverons bientôt à Lyon. J'ai tant fantasmé ce moment.

Je pose ma main sur son genou et lui souffle doucement :

— Pardon.

Km 462 – Lyon

Après ces derniers kilomètres éreintants, il fallait que je prenne l'air. J'avais décidé de laisser la voiture dans un parking municipal et de flâner dans la zone piétonne du vieux Lyon. Mon aversion pour les sous-sols ne se démentit pas. J'eus toutes les peines à manœuvrer dans la descente jusqu'au cinquième niveau. L'éclairage était lugubre, les murs grisâtres. Je contractais les trapèzes, rentrais la tête entre les épaules et, dans un mauvais réflexe, je fermais brutalement les yeux dans les virages en me répétant mentalement « ça passe ou ça casse », espérant ne pas rayer la carrosserie. C'était irrationnel, je m'attendais à tomber sur Jack l'éventreur ou sur Freddy Krueger, puisque, dans tous les films d'horreur, les assassins fomentent leurs pires agressions dans les entrailles de la Terre. Ma sonnette d'alarme interne s'était allumée, tous les voyants étaient au rouge. J'essayais assez mollement de me raisonner. Je ne courais aucun danger même si, dans la ville aux deux collines, j'allais devoir revisiter le passé et sans doute naviguer en eaux marécageuses. La peur prenait le dessus, accentuée par la fatigue. Une fois garée, je m'autorisais, un instant, à partir à la dérive. Tant pis si Jack l'éventreur passait par là. J'étais fatiguée. Il fallait que je me repose quelques minutes. La chanson qui m'avait accompagnée dans la descente pulsait encore dans mes tempes. Ultra Orange et Emmanuelle chantaient :

Someone drink
My blood like a glass of wine
Got nowhere to hide…
[…]
So I sing, sing, sing

En français, ce serait tout de suite moins bien : « Quelqu'un boit mon sang comme un verre de vin. Je n'ai nulle part où me cacher et simplement je chante, chante, chante. »

Moi aussi, je chante sans arrêt. J'ai un juke-box dans la tête. Pablo s'en amuse fréquemment. Il s'étonne que je connaisse autant de chansons par cœur.

« Quelqu'un boit mon sang. » Je n'avais pas pensé à Dracula. Il est peut-être dans le parking, lui aussi.

J'étais en pleine divagation lorsque Raphaël me brusqua.

— Je peux savoir ce que tu fais ? Ce n'est pas le moment de te laisser aller. Allez, on y va.

Il a raison, ce n'est pas le moment de me relâcher. Nous empruntons l'ascenseur pour remonter à la surface, sas nécessaire afin de retrouver un peu d'allant. Avant le retour en plein jour. Le message sonore suffit à me réveiller complètement : « Entre tours et donjons, courtines et mâchicoulis, légendes et contes de sires locaux, la ville de Lyon vous emmène dans l'univers des seigneurs d'autrefois. Il y a mille manières d'envisager votre séjour. » Pour moi, il n'y en a qu'une.

Je suis ici pour déterrer notre serment endormi dans la chambre 28 de la Cour des Loges. J'ai une appréhension folle. J'essaie de ne pas nourrir trop d'espoirs mais la possibilité, même infime, de lever un voile, de trouver une raison, suffit à me rendre fébrile.

Et à Lyon, ville historiquement chargée de légendes, fréquentée autrefois par les druides et les sorcières, chaque ruelle accentue la sensation de participer à une chasse au trésor.

Nous nous amusons à nous perdre dans les traboules, fascinés, comme le seraient des enfants, par ces passages clandestins qui relient entre eux les immeubles du vieux centre. Durant des siècles, elles ont été le terrain de jeu favori des Lyonnais de l'ombre : les canuts en colère, les bandits, les voleurs, les résistants et les membres les plus influents des sociétés secrètes.

— Traboulons, traboulons, ferme les yeux, écoute toutes ces histoires, me lance Raphaël.

Et la magie opère. Je me laisse porter par le murmure des vieilles pierres. Elles me projettent au Moyen Âge, à la Renaissance, me livrent les prophéties de Nostradamus, les formules magiques d'Allan Kardec, le père du spiritisme, qui a, de nos jours encore, de nombreux admirateurs. J'ai beaucoup de mal à me frayer un chemin, quai du Docteur-Gailleton, pour prendre un selfie devant cette étrange stèle en forme de menhir lui rendant hommage. Plus de mal encore à convaincre Raphaël de poser avec moi. Mais j'ai de la ressource et, tel un roseau qui plie mais ne se brise jamais, je parviens toujours à le convaincre de me rejoindre sur la photo. Il est là, sans être là. Il prend plaisir à ce jeu de piste dans Lyon à mes côtés, à enjamber les siècles, à croiser les époques. Mais, à mesure que nous nous rapprochons de l'hôtel, je sens son inquiétude grandir. Raphaël est intranquille. Ses sourcils froncés jettent une ombre sur ses pommettes. Son sourire s'évanouit. Et les poils de mes bras se hérissent. Qu'est-ce qui me fait le plus frémir ? Son tourment ? Ma déraison ? Le parfum de notre dernier séjour ici ? Le mystère de la chambre 28 ou mon désir grandissant de sa peau ? Je voudrais pénétrer chacun de ses pores, visiter ses recoins, retrouver son odeur. Je ne pense plus qu'à ça. À nos étreintes saccadées, débridées.

Nos étreintes originelles, maladroites puis expertes me reviennent en flashs de plus en plus rapprochés. Impossible de chasser ces images. Je n'en ai ni la volonté ni l'envie. Elles me prennent d'assaut et finissent inéluctablement dans le bas de mon ventre, où elles forment des vagues. Je suis sidérée par la force du fantasme, par l'électricité qui me parcourt sans même frôler Raphaël, alimentée par la seule puissance de l'évocation. Celle de notre abandon et de notre passion d'autrefois. Je ne me souviens plus avoir eu semblable désir pour quiconque. Il suffirait que je croise les jambes et que je serre mes cuisses l'une contre l'autre, dans un léger frottement, quelques secondes à peine, pour atteindre l'orgasme. Je résiste à cette tentation solitaire. Je veux rester impatiente et avide. Seul Raphaël a le droit d'éteindre le feu. Je suis prête à être damnée pour qu'il me possède jusqu'à m'engloutir. Je rêve de laisser mon esprit errer dans les traboules pour n'être plus qu'un corps tendu vers lui. Je pourrais m'allonger, là, devant l'hôtel, offerte et mendiante, s'il me le demandait. Offerte à ses mains, à son sexe. Offerte à sa volonté. Offerte à la vue des passants. Pourvu qu'il me prenne sur-le-champ.

Nous sommes debout, côte à côte, devant la Cour des Loges. Moi, brûlante. Lui, glacé. Rien ne me fera faire marche arrière.

Je suggère à Raphaël de déposer les bagages dans notre suite pendant que je nous annonce à la réception. J'ai besoin de prendre mon temps. De vagabonder un peu, seule, pour renouer le contact avec ce joyau de la Renaissance qui abrite nos meilleurs souvenirs. La décoration n'a pas changé, dans le pur style de l'époque, meubles peints à la main inspirés des paysages vénitiens, tissus de taffetas, soie et velours. L'ambiance est romantique, le cadre exceptionnel. J'emprunte le grand escalier central, malgré les protestations du portier qui m'indique l'ascenseur. Machinalement, je compte les marches, jusqu'au deuxième étage. Quarante-huit. Quatre plus huit, douze. Un plus deux, trois. Trois, comme les trois côtés du triangle, les trois côtés de la pyramide, les trois dimensions. Trois comme les trois Rois mages, les Trois Petits Cochons, les trois coups de théâtre. Trois comme « trois petits tours et puis s'en vont ». Ah non, je suis là, je reste et je monte ces marches, nerveuse. Les murs ont une mémoire, j'en suis certaine, alors je laisse ma main glisser sur les pierres apparentes. Si ma mère me voyait, elle m'engueulerait : « On ne met pas ses doigts sur les murs, ça laisse des traces. » C'est précisément ce que je veux, laisser une trace. Retrouver celle de Raphaël. La mienne. La nôtre.

Je suis à présent devant la chambre 28. Elle a été rebaptisée, « L'atelier de l'artiste ». Je colle mon front contre la porte, prends une grande respiration avant de frapper timidement. De l'autre côté, Raphaël s'approche pour m'ouvrir. Je l'arrête dans son élan.

— Attends un peu s'il te plaît, parle-moi derrière la porte. Est-ce que ça a changé ?

— Non. Il y a le grand lit à baldaquin sur l'estrade, les fenêtres qui ouvrent sur les jardins suspendus, les tableaux, les croquis…

— Et l'armoire ? Elle est encore là, l'armoire ? À la même place ?

— Bien sûr. Il faudrait une armée pour la déplacer. Elle pèse un âne mort.

— Tu as regardé en dessous ?

— Non, je t'attendais. Lisa ?

— Oui.

— J'ai aussi peur que toi, tu sais. On n'est pas obligés.

— … Ouvre-moi.

Je m'accroche une dernière fois, dans un souci de diversion, au chiffre trois. La trinité. Le corps, l'âme et l'esprit. Le passé, le présent, le futur. La naissance, la vie, la mort.

Raphaël ouvre. J'entre à pas de velours de peur que le sol ne se dérobe sous mes pieds, l'instant est si solennel.

Tout est là, à l'identique. Le bureau noir ébène, le lustre de cristal, les tentures de lin, le coin salon en haut de la mezzanine qui invite à la sieste. Rien n'a bougé. Les toiles accrochées au mur sont les mêmes.

Raphaël, aussi, est le même. Physiquement, je veux dire. Il n'a pas changé. Cela m'avait frappé au tout début de notre voyage. Dans ce décor baroque, cela m'interpelle davantage et m'intimide. Je connais ma propension à me dénigrer, à ne pas me trouver à la hauteur, à m'autoflageller en soulignant tous mes défauts. Cette fois, c'est autre chose. Raphaël a conservé un éclat qui a disparu chez moi. Je le vis comme une perte irréparable, un coup de poignard asséné en plein cœur. Une injustice contre laquelle je ne peux pas me battre. Je l'admire et je me vois, par contraste. Mon visage porte le poids de mes chagrins passés. Mes paupières supérieures sont lourdes et pèsent sur mon regard, qui ne s'ouvre complètement qu'après plusieurs heures. Chaque matin devant le miroir, je détourne les yeux. Je retarde l'échéance du face-à-face. J'use de quelques stratagèmes avec de l'eau glacée, un coup de peigne, des pincements sur les joues. Lorsque je me résous enfin à relever les cils pour affronter mon reflet, je constate qu'il est fidèle à ce que j'ai vécu. Et cela me console, car le plus important est de me reconnaître. Il m'est si souvent arrivé d'être totalement étrangère à moi-même – jusqu'à éprouver la nécessité de répéter à haute voix, devant la glace, mon prénom et mon nom pour me donner de la consistance –, de flotter, contemplant à distance chacun de mes gestes dans une sidération proche de la dépersonnalisation, que me retrouver est finalement un soulagement. Mes rides et ma peau, moins élastique, me paraissent alors un moindre mal.

Je tente de cacher mes veines apparentes. Elles ne laissent aucun doute sur mon âge et dessinent un parchemin sur mes avant-bras et mes mains. La chaleur n'arrange rien. Il faudrait que je garde les bras en l'air pour qu'elles dégonflent, mais je ne vais quand même pas jouer les marionnettistes. Je ressemblerais à quoi ? À un guignol, je suis ridicule. Et qui j'espère ainsi tromper ? Certainement pas Raphaël.

Son corps à lui est resté dense et puissant. J'aimerais voir apparaître des poignées d'amour, un genou qui s'affaisse, un grain de beauté un peu moche, des poils plus rares sur le torse, des tempes grisonnantes, une calvitie naissante. Ce serait rassurant qu'il subisse l'outrage du temps. Et juste. Au nom de la parité, de l'égalité homme-femme. Mais rien, rien, désespérément rien. Où sont ses peines, ses tracas, sa douleur ? N'ont-ils laissé aucune empreinte ? Il a pourtant bien dû souffrir, lui aussi, au moins un peu. Peut-être que non finalement. Au fond, je n'en sais rien. Il est tel que je l'ai vu la dernière fois dans cette chambre, il y a vingt ans, et je ne peux m'empêcher de penser qu'il m'aurait quittée de toute façon, puisqu'il est resté si beau, si jeune.

Raphaël est dans la salle de bains. En l'attendant, je me souviens de notre bonheur intense. J'ai à nouveau envie de lui, ça me reprend. Mon désir est tyrannique. Mais il fait encore bien trop jour pour que j'envisage un rapprochement physique, surtout après avoir ressenti aussi douloureusement notre inégalité à traverser les années. À la faveur de la nuit, lorsque les ombres atténueront nos contrastes et mes imperfections, il faudra que je me jette à l'eau. Pour ne plus être en conflit avec ma sensualité qui menace de me faire exploser. Je ne serai unifiée que lorsque je sentirai Raphaël fondre à l'intérieur de moi, lorsque son miel se répandra sur moi, en moi. Cette obsession ne me quittera plus. Cette nuit donc, je veux goûter, sublimer, suffoquer, abdiquer. Et jouir. Pour qu'il se souvienne à quel point il m'a aimée. À quel point je pouvais le rendre fou. Je veux que ce souvenir le terrasse. C'est une mauvaise pensée. De la vanité, mais c'est plus fort que moi. Je lui en veux encore de m'avoir abandonnée. Je ne devrais pas.

Allongée sur le lit, je pense au débordement que je vais guetter toute la soirée. À cet instant ténu où tout bascule. Je ne sais pas encore comment je vais le provoquer. Je trouverai. Et cet air soudain me revient :

Je veux que tu écoutes
Les battements de ton pouls
Comme le souffle du vent
Comme le chant des amants
Comme un dernier baiser
Laisse-moi te désirer

Ne me dis pas non
Ne me dis pas non.

Je contemple la fresque au plafond. Des anges se donnent la main et créent un cercle dans un ciel à peine voilé. Un ciel mauve qui annonce l'obscurité. J'implore leur aide. Qu'ils me donnent un petit coup de pouce pour que mes attentes soient exaucées. Leur ronde forme un périmètre de protection qui veille sur les voyageurs d'une nuit. Qu'ils veillent sur nous, surtout.

Je m'assieds en tailleur, sur la moquette, devant l'armoire. Raphaël sort de la salle de bains, et je l'invite à me rejoindre. Il s'est reparfumé. J'aime son eau de Cologne idéale, fraîche, qui libère des arômes de citron et de vétiver même si elle masque l'odeur de sa peau, plus exaltante encore. La peau de Raphaël est un rideau de velours, un souffle d'air chaud dont on ne peut se lasser. Onctueuse et veloutée le matin, elle devient plus épicée au cours de la journée. Moite et salée aux heures chaudes, sa vibration est envoûtante, un appel à la caresse.

À dessein, je dramatise un peu ce moment auquel j'ai si souvent rêvé.

— L'heure de vérité a sonné !

Je prononce ces paroles dans un frémissement de peur mêlée de curiosité. Je suis fascinée à l'idée d'aller puiser en nous, puisque c'est bien de cela qu'il s'agit en allant récupérer nos petits mots sous l'armoire, mais je redoute ce que je vais trouver.

— Tu te souviens de ce que tu as écrit ? me demande Raphaël.

— Comme si c'était hier. Et toi ?

— Je ne suis plus très sûr.

Je suggère de passer une tête la première sous l'armoire pour vérifier que nos bouts de papier n'ont pas été arrachés par une femme de ménage un peu trop méticuleuse. Ils sont encore là. Un miracle. Je tends la main timidement pour les récupérer. Deux carrés pliés impeccablement dont le papier n'a subi aucune altération. Celui de Raphaël est accompagné d'une lettre. Sur l'enveloppe est inscrit : « Pour Lisa, à n'ouvrir qu'à la fin du voyage. » Il suffirait d'un geste pour tout déchirer. Raphaël y pense, j'en suis persuadée. Il est moins enthousiaste que moi à l'idée d'exhumer nos écrits clandestins.

Machinalement, je les effleure du doigt.

— Tu lis mon petit mot en premier ?

Je lui tends mon papier, qu'il déplie lentement avant de s'attarder sur son contenu. J'aimerais m'immiscer dans ses pensées, savoir instantanément ce qui le touche quand il parcourt ces vœux pieux. J'ai besoin d'entendre mes mots dans sa bouche pour qu'il mesure l'onde de choc, qu'il se confronte à mes illusions déçues. Et déjà il a du mal à soutenir mon regard. Ses yeux cherchent une échappatoire dans ces quelques lignes manuscrites. Il n'y en a pas. Alors il se lance et murmure : « Je souhaite retrouver, dans des années-lumière, sous cette armoire, nos vœux exaucés et découvrir que notre bonheur est toujours là, intact, inébranlable. Heureuse comme au premier jour. Mais avant, je veux, Raphaël, que tu coures après tes rêves. Que tu construises ce beau voilier que tu as mille fois dessiné pour faire le tour du monde. Va, vogue, mon ange, sous d'autres cieux jusqu'à ce que le vent te souffle de rentrer pour naviguer sous le ciel bleu de notre grand amour. Je te mets au défi de trouver soleil plus clément. Avec toi, Raphaël, je veux tout. Que tu sois mon Atlantique, mon Amérique. Peu m'importe la destination à condition que tu m'escortes. Pour nous, je fais le vœu d'une famille. Deux enfants au moins. »

J'ai toujours eu des réactions anachroniques, au point de penser qu'une erreur fondamentale s'était glissée dans mon disque dur crânien et que le centre de mes émotions ne s'était pas figé au bon endroit à la naissance. Normalement, je devrais pleurer de dépit parce que le bilan est sans appel. J'ai été très malheureuse, Raphaël n'a pas construit de beau voilier, il n'a pas fait le tour du monde, nous n'avons pas d'enfants. Et le pire, c'est que rien de tout cela ne pourra jamais plus se réaliser. Il est trop tard. C'est à pleurer de dépit. Mais je ris. D'un rire qui vient de loin. Je ne peux pas le contenir tant je perçois l'absurdité de la situation et le fiasco qui est le nôtre. Ces désirs écrasés, massacrés et pourtant désespérément intacts. Ces mots écrits hier, je pourrais, aujourd'hui encore, les coucher sur une feuille avec la même foi. Le même engagement. Et les prononcer demain, sans doute, aussi. Est-ce que cela signifie que l'amour, le vrai, ne meurt jamais ? Que nos aspirations sont éternelles ? Que les promesses écrites survivent à nos échecs ? Raphaël peine à trouver la formule qui pourrait me sortir de ce fou rire.

— Arrête, ce n'est pas drôle, finit-il par marmonner.

— Mais si, c'est drôle. On ne peut pas avoir mieux échoué. Franchement, c'est risible. Toi, arrête… Tu verrais ta tête. Ne me dis pas que tu es étonné par ce que tu viens de lire ?

Je regrette immédiatement cette agressivité soudaine, cette acrimonie dans la voix. Inutile de l'accabler.

À mon tour de déchiffrer son petit mot pour découvrir quels étaient les rêves du jeune homme dont j'étais éperdument éprise et que j'étais prête à laisser traverser les océans.

« Je souhaite être toujours là pour toi ma Lisa, que tu deviennes forte et libre, et conjurer le sort. »

Il me faut quelques secondes pour mesurer tout le mystère de cette formule, « conjurer le sort », dont j'ignore le sens. Avant d'interroger Raphaël, j'essaie de réfléchir par moi-même. Du verbe « conjurer » émerge l'idée d'écarter un danger, de déjouer quelque chose. L'idée d'un complot aussi.

— Ça veut dire quoi « conjurer le sort » ?

Raphaël ne répond pas. Il se contente de me sourire. Pour ma part, je n'ai plus du tout le cœur à rire. Je répète.

— Tu peux préciser ? Qu'est-ce que tu as voulu dire par « conjurer le sort » ? Tu m'expliques ? Raphaël, tu me réponds ?

— Je ne sais pas... Je ne sais plus. C'est loin. C'était une formule en l'air.

— Une formule en l'air ?

— Je ne me souviens plus, je te dis.

Cette nonchalance feinte m'agace. C'est impossible qu'il ne se souvienne pas. J'attrape la lettre qui accompagne le petit mot, mais il m'empêche de la décacheter.

— S'il te plaît. À la fin du voyage. C'est écrit dessus.

— Pourquoi ? Qu'est-ce qu'elle contient cette lettre ? Elle va peut-être m'aider à déchiffrer tes phrases en l'air.

Raphaël a saisi mes deux poignets. Ses mains glissent lentement vers les miennes. Ses pouces caressent mes paumes. Et ce geste-là emporte tout. Il a raison de ma curiosité. Cet effleurement suffit à me faire oublier la lettre et mon incompréhension. Je mesure toute l'emprise de cet homme sur moi. Je l'ai dans la peau. Pour la première fois de ma vie, je mesure la profondeur de cette expression si galvaudée. L'urgence n'est pas de comprendre. L'urgence est de me frayer un chemin jusqu'au corps de Raphaël. Ce corps dont je connais tous les recoins par cœur et que je n'arrive plus à conquérir. Ce soir, promis.

Raphaël se lève et dépose la lettre dans la pochette avant de mon sac de voyage. S'il me l'a écrite, c'est bien qu'il avait la certitude que nous ferions ce pèlerinage. Cette pensée m'emplit d'un espoir fou.

— Tu savais qu'on reviendrait ?

Avant de me répondre, il m'aide à me redresser et ne parle que lorsque mes yeux sont enfin à la hauteur des siens.

— Quand tu as une idée, rien ne t'en détourne. Ça t'ennuie si je me repose un peu avant le dîner ?

***

Mon psy m'avait dit un jour : « Aussi étrange que cela puisse paraître, il faut être au moins deux pour être bien seul. Toute solitude est en réalité peuplée d'au moins un autre. En nous… »

Dans le salon du Jeu de paume, où je m'étais isolée et dont j'étais l'unique occupante à cette heure avancée de la journée, nous étions quatre. Moi, Raphaël qui me rejoindrait pour le dîner, Pablo, qui occupait lui aussi mes pensées et à qui je m'apprêtais à écrire – après notre dernier appel téléphonique houleux, il devait guetter mes e-mails –, et un inconnu, plus exactement son portrait, réalisé à l'huile et accroché sur le mur juste en face de moi. Il était brun, assez rond, avec une grande moustache à la gauloise qui rebiquait sur les côtés. Il avait un air bourru, en même temps son regard était bienveillant et semblait déterminé à pénétrer tout mon être. J'avais beau essayer de ne pas le fixer, je revenais sans cesse à lui, aimantée. Cet homme s'était invité dans ma solitude, et il était impossible de me soustraire à sa présence. J'étais fascinée par son attention scrutatrice qui laissait imaginer que, à tout moment, il pouvait surgir du cadre et s'asseoir à mes côtés. Je m'étais levée pour évaluer de plus près le travail du peintre. Pour obtenir ce clair-obscur et ces jeux de transparence sur certains éléments de la composition, il avait dû procéder à de nombreux glacis. Dix, quinze peut-être. Devant la toile, j'avais esquissé quelques grimaces, espérant que le moustachu y réponde par d'autres grimaces. Mais c'est ma grand-mère que j'entendais rire et m'avertir : « Si les cloches se mettent à sonner, tu vas rester figée comme ça à jamais. »

Je m'étais déplacée de manière anarchique dans le salon, m'accroupissant derrière les fauteuils, courant à moitié d'un meuble à l'autre, pour voir si cet étrange inconnu continuait de m'examiner. Quelle que soit ma position, il me regardait. Indéniablement, l'artiste qui avait réalisé son portrait avait du talent. Dans ce jeu de cache-cache grotesque avec le sujet d'une peinture, je fus interrompue par l'arrivée d'un serveur qui devait m'observer depuis quelques minutes, se demandant à quelle bizarrerie je me livrais.

— Je peux vous aider ? Vous cherchez quelque chose ?

L'incongruité de la situation me frappa, sans me causer de malaise particulier. Ce maître d'hôtel devait me trouver complètement folle. Et alors ? Je l'étais, sans doute, un peu. Inutile de me lancer dans une explication qui aurait été hasardeuse et peu concluante. En guise de réponse, je repris ma place dans le confortable fauteuil Chesterfield en cuir vieilli et commandai un Martini dry.

Il poursuivit :

— Vous connaissez l'homme qui est sur la toile ?

Certaine à présent qu'il avait bien compris mon manège, je lui fis signe que non, faussement embarrassée.

— C'est Maître Philippe de Lyon, l'un des plus célèbres thaumaturges, guérisseurs et voyants de la fin du XIXe siècle. Aujourd'hui encore, dans les dîners en ville, on évoque ses miracles.

— Un guérisseur ?

— Oui, il avait installé son laboratoire, précisément à l'emplacement de ce salon. C'est là qu'il élaborait ses médicaments, ses potions et toutes sortes de remèdes pour ses patients. Si cela vous intéresse, un ouvrage lui est consacré dans la bibliothèque.

Avant de quitter le salon, le jeune barman s'empara du livre et me l'apporta. En lisant les premières pages, je compris pourquoi le médium avait tant marqué les esprits. Son parcours était captivant. On lui prêtait, dès l'enfance, des guérisons miraculeuses. À l'âge de quatorze ans, il avait quitté son village pour rejoindre, pieds nus, son oncle établi à Lyon. Dans la boucherie familiale, il avait dévoilé pour la première fois son don en public. Alors que son oncle venait de se blesser grièvement d'un coup de hachette, il fixa sa main qui saignait abondamment et se mit mentalement en prière. Le sang coagula, la plaie cicatrisa et le pouce se ressouda presque immédiatement. Le bouche-à-oreille fonctionna, et le jeune apprenti fut très vite sollicité par tout le voisinage. Plus tard, il officia dans les plus grands hôpitaux de la ville, adoré par les uns, honni par les autres. Les rétablissements inespérés qu'il parvenait à obtenir, loin du champ de la médecine traditionnelle, suscitaient jalousie et convoitise. Ce qui étonnait le plus, c'était sa méthode purement spirituelle. Il apposait rarement ses mains sur ses patients, ne les magnétisait pas. Il effectuait ses miracles par la seule force de l'esprit, sans être capable d'ailleurs de s'expliquer à lui-même, et donc aux autres, ce pouvoir.

Il était, pouvait-on lire dans cet ouvrage – témoignages à l'appui –, le « père des pauvres, des incurables, des désespérés ». Des grands de ce monde aussi. Sa renommée avait enjambé les frontières. Au cours de son existence, entièrement dédiée aux malades, il avait beaucoup voyagé. Il fut le médecin privé des tsars, séjournant à plusieurs reprises à la cour de Russie, ce qui lui valut d'être surveillé par les services de la Sûreté nationale.

J'étais absorbée depuis bientôt une heure par ma lecture lorsque le serveur m'apporta un deuxième Martini, agrémenté de quelques canapés et d'amandes grillées à la truffe. Privilège des beaux endroits estampillés cinq étoiles. Je ne me souvenais pas l'avoir commandé, trop concentrée probablement sur le récit des exploits de Maître Philippe.

— Vous comprenez mieux, maintenant, pourquoi ce portrait, qui rend hommage au Maître, est si pénétrant.

— Quel personnage en effet, et quel destin ! Mais bon. Quelles sont les preuves de ses pouvoirs occultes ?

— Vous prononcez les mots qui fâchent. Il refusait qu'on l'envisage comme un mage ou un magicien.

— Il se voyait comment alors ?

— Comme un homme de foi qui puise sa force dans les Évangiles. Il savait lire dans les âmes. Et vous savez ce qu'il demandait à ses patients ?

— Non ?

— Toujours la même chose : de ne pas médire, de ne pas calomnier, d'aimer.

Je considérais le jeune barman, amusée. Il devait avoir vingt ans tout au plus et il me contait ces aventures farfelues avec une telle conviction que j'étais tentée de le croire, même si la raison l'emportait.

— Et vous y croyez, vous, à cette fable ? C'est un conte, une histoire qui se transmet parce qu'il faut bien croire en quelque chose.

Il était convaincu, cela ne faisait pas de doute. Il m'apprit que l'illustre guérisseur avait de nombreux disciples se revendiquant de son école de pensée. Il croyait y déceler le signe de sa réincarnation. Je souriais en mon for intérieur. Une heure auparavant à peine, je m'en voulais de m'être donnée en spectacle devant le barman d'un hôtel chic, redoutant d'être prise pour une illuminée. Or, le barman en question était complètement barré, bien plus à l'ouest que je ne le serais jamais, accréditant des histoires à dormir debout. Avant de retourner derrière son comptoir, il m'indiqua une dernière chose. Une boîte de cartes de visite posée sur la cheminée du salon.

— Prenez les coordonnées de Patricia. Elle a des dons similaires à ceux de Maître Philippe. Elle fait vivre son enseignement. Malheureusement, elle vient de déménager dans le Sud, mais si vous avez l'occasion de la rencontrer, elle vous surprendra.

— C'est gentil, mais je ne consulte pas les voyantes.

— Moi non plus. Mais Patricia est vraiment étonnante, vous ne serez pas déçue. Enfin, je dis ça, je ne vous chasse pas. Au contraire, ce soir, restez avec nous !

***

Mon cœur,

J'ai les jambes sciées, le dos rompu après avoir déambulé toute la journée dans Lyon. Je ne pensais pas que cela me réjouirait autant de marcher seule dans la ville. J'ai pris un plaisir enfantin à me perdre dans les traboules, à découvrir de nouveaux lieux secrets. Pas besoin de s'envoler à l'autre bout de la planète pour être dépaysé. Ici, chaque coin de rue éclaire une légende farfelue. Les Lyonnais s'intéressent à l'alchimie, à tout ce qui touche au mystérieux. C'est déroutant. Ils fleurissent les tombes de prétendus guérisseurs, te parlent de magie, de sciences occultes comme si cela allait de soi. Tu les trouverais mystiques. Moi, ils me plaisent. Ils sont attachants et surtout accueillants. À Paris, j'ai tellement perdu l'habitude de l'hospitalité, des formules de politesse, que je sursaute quand quelqu'un me dit bonjour ou m'adresse la parole. Ça me paraît suspect. Je réalise à quel point cet « entre-soi » mondain cultivé par les Parisiens est d'une arrogance folle. Je sais pourquoi les provinciaux nous détestent.

Ce midi, au comptoir d'un bouchon, une dame d'un certain âge, me voyant le nez plongé dans mon guide, m'a suggéré d'aller faire un tour dans le « tunnel des corbillards ». Rien que le nom fait froid dans le dos. C'est un tunnel qui unit les quais de la Saône au cimetière de Loyasse. La nuit, il est parcouru par des amateurs d'épouvante et de fantasmes macabres. Autrefois, c'était le chemin le plus direct pour acheminer les défunts jusqu'à leur dernière demeure. Aujourd'hui, on y pratique des séances de spiritisme. Inutile de te dire que j'ai décliné l'invitation ! Je ne suis pas très pressée d'entrer au cimetière, même si l'idée de parler avec les morts, aussi irrationnelle soit-elle, m'a interpellée.

Et ce soir, un barman m'a conseillé, le plus naturellement du monde, d'aller consulter une voyante, l'une des disciples d'un mage célèbre qui avait son labo, à la fin du XIXe *siècle, dans le salon où je t'écris en ce moment. C'est rafraîchissant cette liberté de ton et ces conversations sur le monde de l'invisible. Je ne te cache pas que la perspective me tente. Elle m'a toujours chatouillée, tu le sais. J'ai donc pris les coordonnées de cette médium. (Ne ris pas !) Elle vit dans le Sud, à Piolenc. J'ai regardé sur la carte, c'est sur mon chemin, entre Valence et Avignon. Bref, je vais peut-être lui demander de me recevoir. Tu trouves ça ridicule ?*

J'ai aussi réservé, sur Internet, un billet sur l'autotrain pour l'Alfa Romeo. Nous rentrons toutes les deux, dimanche. Quel dommage que l'acheteur se soit rétracté. J'étais enfin prête à la vendre. Je dois t'avouer que j'ai moins de satisfaction à la conduire qu'autrefois. Il faut croire que j'ai vieilli. Je me sens « décalée » au volant. Pas à ma place. Je me fais l'effet d'un vieux beau qui espère emballer les minettes en faisant rugir le moteur de son bolide. Avec l'âge, certaines attitudes, certaines postures donnent un air ridicule. Comme se marier en blanc à quarante-cinq ans. Je ne sais pas pourquoi tu insistes. Je ne céderai pas sur la robe blanche. De quoi j'aurais l'air ? D'une vierge effarouchée ? Il faut que tu comprennes à quel point c'est grotesque.

Je respecte ton souhait de te marier, c'est pour cela que j'ai dit oui, mais ce voyage ne fait que renforcer mes convictions. L'amour est un mystère, le mariage un contrat : un antagonisme. Mon amour pour toi ne se laissera jamais enfermer dans une signature en bas d'une page, agrémentée de termes légaux. La beauté de l'amour réside dans le fait qu'il n'est pas immuable, qu'il est en perpétuelle mutation. Le mariage, en créant une obligation – l'amour éternel, pour le meilleur et pour le pire –, est un mensonge. Qui peut, en étant certain de ne jamais se dédire, approuver un contrat d'amour à perpétuité, assorti d'une assurance tous risques ? Ni toi ni moi. Je n'aime pas l'obligation imposée par le cadre du mariage. L'obligation éteint la magie. Je préfère l'engagement libre, les serments intimes, les promesses échangées au clair de lune.

Je ne suis pas une amoureuse rassurante ou romantique. Tu le soulignes dans ton dernier e-mail. Je le regrette, mais te sentiras-tu plus en sécurité en me passant la bague au doigt ? J'en doute. Lire dans mes pensées, devancer mes envies, rire ensemble aux éclats, formuler mille projets, enfouir ton nez dans mon oreiller et y trouver la trace de mon parfum. Tout cela devrait te rassurer et te faire admettre que je suis là. Je t'aime Pablo, sans être obligée de le clamer devant M. le maire.

J'imagine ta déception en lisant ces lignes. Je ne veux pas te faire de peine. L'idée même de t'en causer m'accable, mais je dois être honnête en restant fidèle à mes idéaux.

Wow, il est presque vingt et une heures. Je commence à avoir faim. Il y a un magnifique restaurant étoilé dans l'hôtel. J'ai jeté un œil à la carte, tu apprécierais ! Mais ce soir, je ne suis pas sûre de vouloir être seule à une table au milieu de la foule. Je vais donc commander un room service *et rapidement m'enfoncer dans le sommeil en m'imaginant entre tes bras.*

Tu me manques… Beaucoup plus que tu ne le crois.

À demain,

Fais de beaux rêves.

***

La bougie, sur la table en face de moi, est un modèle de raffinement. Sa lumière miroitante fait jaillir toute la transparence du photophore de cristal dans lequel elle repose. Je suis hypnotisée par la flamme qui vacille. J'aimerais qu'elle cesse de se balader de droite à gauche, car son halo se fait de plus en plus faible. Qu'elle reste en vie surtout. Mais déjà elle tremble, avant de sombrer dans la cire et de s'évanouir complètement. Une flamme qui s'éteint dans la nuit, c'est un voile jeté sur la soirée. Une soirée qui débute pourtant de si belle manière.

Raphaël fait une apparition éblouissante, vêtu d'une veste de smoking blanche que je reconnais immédiatement. C'est la même qu'il y a vingt ans. Sous le choc d'un déjà-vu, je suis étourdie par son sourire enjôleur, subjuguée par sa démarche lente et assurée. Les autres convives du restaurant de la Cour des Loges participent à la scène qui se déroule au ralenti en observant mon air songeur devant cet homme rayonnant qui me rejoint. Notre table est au centre du patio florentin, construit par des marchands italiens au XVIe siècle. Les Jésuites ont amélioré l'ensemble en y ajoutant des galeries. Tandis que Raphaël me conte l'histoire des lieux, un quatuor à cordes joue de la musique baroque dans l'une des trente-six loggias qui nous surplombent. La lueur des chandeliers me transporte encore un peu plus loin, hors du temps. En levant les yeux, je crois apercevoir, entre deux arches, la silhouette énigmatique d'un troubadour en costume d'époque. Je jurerais qu'il m'a vue, lui aussi. Il se penche à la balustrade et pointe du doigt un cœur en soie rouge cousu sur sa poitrine. Il disparaît aussi vite qu'il est apparu.

Je me tourne vers Raphaël, qui, lui, s'extasie sur la verrière en fer forgé offrant l'illusion d'un dîner à la belle étoile. Je ne sais plus où donner de la tête.

Le ciel est constellé, la lune nous observe et veille. Elle se reflète sur mon épaule. Raphaël conclut sa description des lieux :

— Tu as toujours été plus étincelante que n'importe quel astre. Même la lune ne s'y trompe pas. Elle s'est posée sur toi.

J'aime le romantisme de Raphaël. J'aime la féerie de cet endroit. J'aime la grâce de ce moment. Si je devais mourir maintenant, je trouverais la force de me relever une dernière fois en criant haut et fort que j'ai réussi ma vie parce que j'ai aimé. Aimé éperdument. Raphaël serre la main que j'ai posée sur la nappe.

— Madame ? Madame ?!

Insistante, la voix du maître d'hôtel m'arrache à ma rêverie. Des clients se tournent dans ma direction, moins avenants que tout à l'heure. Ils semblent embarrassés pour moi.

— Madame ? Vous avez fait votre choix ?

— Pardon, je suis distraite, je vais rester au champagne, merci.

Puis j'opte pour le menu Renaissance. Raphaël me suit. « Renaissance », joli titre qui porte en lui l'espoir d'un monde nouveau, d'une résurrection. Une nouvelle aube. Il n'est pas donné à tout le monde de pouvoir renaître. Raphaël et moi, de quoi pourrions-nous renaître ? De nos cendres ? Nous n'avons pas commis tant d'erreurs que cela, même si après la découverte de cette lettre énigmatique sous l'armoire, j'ai du mal à faire taire une petite musique dans ma tête qui me souffle : « Et si la vérité était cachée dans un tissu de mensonges ? » Pour faire obstacle à cet air-là, je fredonne une chanson qui tourne en boucle, en ce moment, sur les ondes et que j'ai déjà entendue plusieurs fois sur la route. Je n'ai pas réussi à en apprécier la mélodie mais les paroles, j'aurais pu les écrire.

Une vie blessée
Tout se déchire, on se perd
C'était pas pour l'éternité
On se retrouve le cœur à terre
Sans se faire d'illusion
Comme un défi, on regarde en arrière
L'amour est déjà loin, on ne ressent plus rien
Alors on tombe sans savoir que ce n'est jamais la fin

L'impossible est en nous
Le don de résister
Et même celui de renaître !
La folie après coup
De tout recommencer

Ce soir, la beauté est partout, y compris dans l'assiette. Soufflé de parmesan au caramel de truffes, suivi d'un tourteau royal sur une émulsion de lait de coco. Une explosion en bouche. J'attends mon dessert, chocolaté bien sûr.

Une brise me caresse, légère certes, mais suffisante pour éveiller en moi la tentation d'aller goûter à la chaleur de Raphaël. Je rapproche ma chaise de la sienne et je sors de mon sac les Polaroid que j'ai pris tout au long de notre voyage. Je contemple ces instants figés sur le papier, et je les chéris. Leur empreinte renforce et consolide notre histoire.

Raphaël, lui, a toujours eu une autre vision. Il considère qu'une photo est un souvenir en moins. Il est plus difficile, dit-il, de se remémorer un événement lorsqu'on le photographie. La quintessence nous échappe derrière l'œil de la caméra. Les détails aussi. Or, le diable se cache dans les détails. Capturer sa vie sous le prisme photographique nous prive de la vivre vraiment.

Parfois, je le trouve rabat-joie même si son analyse tient la route.

— Et qu'est-ce qui m'aurait échappé selon toi ?

Il me dévisage d'un air moqueur, attrape le tas d'instantanés et le parcourt avec précaution. Son regard se fige. Son sourire s'évanouit. Il est soudain sérieux et silencieux, faisant glisser les images de plus en plus rapidement entre ses mains. Passant de l'une à l'autre. Revenant en arrière parfois, avant de me les restituer.

— Tu ne remarques rien ?

De nouveau, je détaille chaque cliché, sans y déceler la moindre anomalie.

— Non, je ne vois rien de particulier. À part que tu fais la tronche sur toutes les photos. Tu pourrais montrer un peu d'enthousiasme.

— Elle ne te trouble pas, l'hirondelle ?

— L'hirondelle ?

Comment ai-je pu être aveugle devant une telle coïncidence. Alors qu'elle est là, évidente, se détachant à présent avec une clarté éblouissante du papier. Je compte, recompte… Recompte encore une fois, tant j'ai du mal à y croire. Sur dix-huit des vingt photos que j'ai prises, une hirondelle se niche quelque part dans le paysage. Et cela m'interpelle d'autant plus que j'ai visionné récemment un documentaire intitulé *Où sont passées les hirondelles ?* On y apprenait que leur migration annuelle était bouleversée par le réchauffement climatique et que l'espèce était menacée.

— C'est incroyable. Quel hasard !

— Le hasard n'existe pas. Je te le répète sans cesse. Quelle est, selon toi, la probabilité de voir apparaître un oiseau, le même, sur dix-huit clichés quand on en a pris seulement vingt ?

Nous n'avons jamais eu, ni lui ni moi, la bosse des mathématiques. Impossible de nous remémorer les calculs de probabilités. Nous nous lançons dans des estimations plus fumeuses les unes que les autres, essayant de ressusciter théorèmes, axiomes et équations oubliés. Et nous sommes pris d'un fou rire incontrôlable tant nos lacunes sont édifiantes. Pour la première fois, j'ai le sentiment de partager quelque chose sur le plan physique avec Raphaël. L'explosion de rires vient des tripes. Elle surgit des profondeurs tel un trop-plein d'émotions qui remonte à la surface et qui s'exprime dans la sensualité d'un déploiement de gorge. Nous sommes complices. Suffisamment pour nous moquer l'un de l'autre, pour mêler nos éclats de voix et célébrer un bonheur immédiat. Un fou rire n'est pas une déclaration d'amour mais il y ressemble. Est-ce pour cela que Raphaël s'arrête subitement et retrouve, en un éclair, cette moue mélancolique qu'il arbore un peu trop souvent à mon goût ? Il rétropédale. Un pas en avant, deux en arrière. C'est épuisant.

Dès qu'il pénètre en mon royaume, il se sent en effraction alors que je suis offerte, ouverte à tout. J'ai fait sauter tous les verrous. Est-ce qu'il s'en rend compte ? Il ne peut l'ignorer. Raphaël est sensible et fin. Et il me connaît bien. Il poursuit notre exploration arithmétique et tente une démonstration.

— Si on considère qu'on a une chance sur dix de voir une hirondelle apparaître lorsque l'on prend une photo – ce qui est déjà énorme et donc improbable –, alors la probabilité d'en capturer une dans le viseur dix-huit fois quand on shoote vingt fois est de : $1/10^{\text{puissance 18}}$! Enfin, je sais plus... Mais il y a forcément plein de zéros après la virgule et une probabilité quasi nulle.

— Et donc ? Tu as une explication ?

— Non, mais il doit bien y en avoir une. J'ai oublié toutes les notions de maths, mais je suis sûr d'une chose : le hasard n'existe pas !

Dans la salle de bains, j'évite une nouvelle fois le reflet du miroir. Parce que ce soir, j'ai décidé de m'aimer. Il paraît qu'on n'aime vraiment l'autre que lorsqu'on s'aime soi-même. Je ne suis pas convaincue par cette théorie. Peu importe, ce soir, je vais être indulgente. J'ai emporté avec moi une huile soyeuse, hors de prix, qui satine la peau d'un film subtil au parfum enivrant de musc et d'ambre. Un élixir de jouvence pour les grandes occasions.

La cérémonie débute là, assise sur le rebord de la baignoire. Nue. Je verse dans mes mains une noisette d'huile et je la chauffe par de petits mouvements circulaires. Les yeux clos, j'imagine une potion magique qui, une fois appliquée, me permettra de me glisser dans la peau d'une autre, de toutes les autres. Je veux être une femme libre dans son corps, débridée, plus entreprenante que soumise – ça donnera au moins raison à ma mère –, une femme résolue et défiante. Une femme mystérieuse. Une déesse de l'amour. Pas Diane, cruelle chasseresse. Trop conspiratrice. Trop éloignée de moi. Mais une femme fatale et dangereuse, qui part en croisade, son sex-appeal en bandoulière. Où est mon sex-appeal ? S'il devait être concentré en un point précis, où se nicherait-il ? En enduisant mon corps, je tâtonne. Je le cherche au creux de ma nuque. Sur mes seins, toujours fiers, qui se dressent sous mes mains. Sur mon ventre près du nombril. En haut de mes cuisses. L'huile est une caresse. Elle fond, glisse, enduit et éveille chacun de mes sens. L'odorat d'abord, puis le toucher, délicat, expert. Mes doigts pourraient être plus aventuriers, mais je le leur interdis. Je les garde à distance de toutes mes ouvertures. Je redresse les épaules, cambre le dos, m'attarde un instant sur mes fesses dont il me semble découvrir la courbure. Mes fesses ont du potentiel ce soir. D'ailleurs, je fais la comptabilité de toutes les rimes qu'elles pourraient inspirer. Cela me permet de résister à l'appel de mon sexe, en me concentrant sur autre chose.

Mes fesses pourraient donc :
Blêmir,
Rougir de désir,
Gémir,
Agir,
Souffrir,
Languir de plaisir.
Séduire. Oh oui, séduire et
Tenir… Un siège, une armée.
Embellir, la soirée sans aucun doute.
Conquérir,
S'accroupir,
S'arrondir,
Approfondir,
S'ouvrir ? Qui peut le dire ?
Accueillir ? Pourquoi pas.
Divertir,
Engloutir, peut-être pas, mais
Désobéir, ça oui.
Et ne pas interdire.

Interagir. Très vilain, ce verbe, phonétiquement, mais riche de sens. Je garde.

Maigrir ? Non, ce soir, je suis parfaite.

Reconquérir. Voilà, mes fesses s'apprêtent à partir à la conquête, à la reconquête de Raphaël. Je ne vais peut-être pas en faire une chanson mais je vais en faire mes alliées. Mon sex-appeal est là. Je l'ai trouvé, juste en dessous du coccyx. Juste avant la grande faille de mon joli petit cul.

J'enfile un déshabillé de soie ivoire. Je laisse négligemment une bretelle tomber sur mon épaule. Je prends une longue inspiration pour me donner du courage avant de quitter la salle de bains.

Raphaël est assis près de la cheminée. Son visage s'embrase près des flammes. Il est la lumière et le feu. Irrésistible, mais dangereux. Un incendie souterrain me dévore. Il se tourne vers moi.

Quelques instants plus tôt, j'envisageais des plaisirs inconnus, des frontières à abolir. À présent, je me fais l'effet d'une jeune fille en fleurs. Je suis désespérante. Je pensais que l'expérience conférait une certaine assurance. Je suis bien obligée de constater que ce n'est pas le cas. Il me semble avoir tout oublié. Les gestes, les paroles, les attitudes. L'ordre des séquences. La mécanique des fluides. Plus effrayant encore, je me surprends en train de minauder, avec un sourire niais et une tête qui dodeline. Ma belle assurance me quitte déjà. Je recommence à me dénigrer.

Stop. J'ai promis de m'aimer.

Méthode Coué : je m'aime. Je suis irrésistible. Je vais faire défaillir Raphaël. Je suis une déesse. J'ai un joli petit cul et un sex-appeal dopé aux phéromones.

Je m'allonge sur le lit. Ne pas être mièvre, surtout. J'éloigne toute pensée romantique. Je cherche ce que le vocabulaire sexuel peut livrer de plus vulgaire, pour désamorcer mon appréhension et l'étouffer. Les « mots crus » ont ce pouvoir de contenir le sexe dans ce qu'il est d'abord : une pulsion de vie, un désir à assouvir sans une tarte à la crème de déclarations enflammées et d'affects. Raphaël et moi avons toujours fait l'amour passionnément, mais sagement, « proprement ». Par ma faute. Je l'aimais trop pour être totalement offerte. J'ai toujours pensé que si je libérais mes instincts, si je laissais cours à mes fantasmes en lui ouvrant toutes mes voies, mon image serait dégradée. Il cesserait de m'aimer. Je voulais qu'il ait de moi une haute opinion. Qu'il me chérisse comme un vase de cristal dans lequel on ne verse que de l'eau pure.

À vingt ans, je pensais qu'il y avait deux catégories de femmes, irréconciliables. Celles qu'on aime et celles qu'on baise. Aujourd'hui, je sais qu'on peut aimer et baiser, ou baiser et aimer, ce qui revient sensiblement au même, à cela près que dans le premier cas les sentiments permettent de libérer le sexe. Dans le second, à l'inverse, le sexe éveille les sentiments. Avec Raphaël, je n'ai jamais baisé. J'ai fait l'amour avec précaution dans un parcours verbal bien balisé de « Je t'aime », « Mon ange », « Pour toujours »... « Cui-cui, les petits oiseaux ».

Les sentiments ont étouffé le sexe, je le regrette. Je voudrais corriger. Il risque de trouver ce changement soudain. J'en ai conscience, mais je veux qu'il m'étreigne de toute sa force en libérant mes instincts. Surtout les plus primitifs, les plus bestiaux. N'être plus que deux corps sans tête.

Raphaël est loin, trop loin. Je l'invite à venir s'allonger à mes côtés. Je vois bien qu'il hésite. Je ne comprends pas pourquoi. Il y a une telle intensité entre nous. Elle est palpable depuis le début du voyage et elle ne fait que grandir. Il la ressent aussi ardemment que moi. Je pourrais en mettre ma main à couper. Je ne peux pas me tromper. Pour tendre un élastique, il faut être deux aux extrémités. Et je ne suis pas la seule à tirer. Nous sommes proches du point de rupture, du moment où l'élastique cède, où nous nous retrouvons face à face. Parce que c'est inéluctable.

Raphaël est à présent étendu sur nos draps de satin, à quelques centimètres. Sans le toucher, je peux deviner sa raideur, lui, si souple, si félin. Mon incandescence l'effraie. Je le lis dans ses yeux. Il refuse toute emprise alors que je suis prête à me soumettre.

Il se met à parler très vite quand je ne rêve que de silence, de nos souffles mélangés. Il déroule les meilleurs moments de notre journée. Je l'écoute patiemment, acquiesce de temps en temps. Plus il parle, moins il se dévoile. Il faut que je le pousse dans ses retranchements sinon tous ces non-dits vont me précipiter au fond du gouffre.

— On pourrait reprendre là où on s'est arrêtés, n'est-ce pas ? C'est encore possible.

Je guette sa réponse, l'espère. Elle ne vient pas. Je me fais penser à l'héroïne d'une mauvaise série télé, dans laquelle les aspirations profondes sont tues, car si elles venaient à être révélées, elles mettraient en danger l'intrigue. Pourquoi une telle dissonance ? Quelque chose m'échappe. Raphaël m'échappe. Je me tourne vers lui, m'allonge sur le flanc et tends la main pour caresser ses cheveux. Il est prostré, inaccessible. Je me rapproche encore un peu, enroule mes jambes entre les siennes et embrasse son épaule. Chacun de mes gestes le tétanise. Je l'ai connu moins farouche. Lorsque je m'étire un peu plus pour atteindre sa bouche, il esquive, se lève d'un bond et, dos à moi, articule péniblement :

— Il ne faut pas.

Il ne m'aime plus. Cette hypothèse, que je repoussais de toutes mes forces, s'impose. Elle m'envahit, ébranle mes certitudes et anéantit l'espoir illusoire auquel je m'étais accroché.

Le chagrin de la perte remonte. Intact. Je pensais l'avoir apprivoisé. Il menace de m'écraser une nouvelle fois. Qu'on me torde le bras ou qu'on me le casse. Qu'on broie mes os pour déplacer ma douleur. J'aimerais hurler pour transpercer le silence. Mes cris restent étouffés dans ma gorge. Je ne peux produire aucun son. La peine fracasse.

Raphaël ne m'aime plus. Je sonde cette éventualité dans un insupportable chaos. Je suis abandonnée, humiliée et ridicule. J'avais tout envisagé. Rallumer nos idéaux d'amour juvénile. Écrire un nouveau chapitre à notre histoire, plus sensuel, plus charnel. Je n'avais pas imaginé qu'il me repousserait avec une telle violence. Ce manque d'anticipation, de lucidité peut-être aussi, m'accable. Je voudrais disparaître sur-le-champ. Rejoindre la poussière sous le tapis. Ou courir vers la fenêtre et sauter dans le vide pour m'épargner la cruauté de l'instant. Le réverbère extérieur diffuse un halo bienfaisant qui ressemble à un appel au milieu des ténèbres.

« L'amour a tué plus de gens que n'importe quelle maladie », cette pensée me traverse avant qu'une autre idée me rattrape : Raphaël ne m'aime plus parce que je suis vieille. Cela me paraît plus désespérant encore que le délitement de la passion. Sa disparition à l'échelle du temps. J'en éprouve de la colère. Je la laisse monter en moi, cette colère, je lui offre une autoroute pour me submerger. La colère est un poison, mais moins assassine que le chagrin. Et puis, il faut que j'arrête de ne m'en prendre qu'à moi-même. Dans ce fiasco, nous sommes deux. Raphaël refuse de partager toute intimité avec moi, mais il est là, attentif, prévenant, sensible à chaque évocation. Il marche avec moi dans les pas de notre passé, exhumant ces frissons autrefois partagés. Il chemine à mes côtés sur les traces de notre grand amour pour finalement le brûler et m'en jeter les cendres au visage. C'est incompréhensible. Malsain. J'ai envie d'en découdre.

— Tourne-toi, regarde-moi.

J'ai intimé cet ordre avec de l'autorité dans la voix. De la fureur. Raphaël en est surpris. Son regard m'interroge lorsqu'il se retourne. Je poursuis.

— Tu me trouves vieille, c'est pour ça que tu me rejettes. Toi, tu es resté magnifique. Moi, j'ai perdu la fraîcheur de la jeunesse et, aujourd'hui, je te dégoûte. C'est ça ?

— Ne sois pas bête, Lisa. Tu es plus belle aujourd'hui qu'à vingt ans.

— Quel est le problème alors ?

— Tu mérites mieux. Ce que tu as construit vaut la peine d'être vécu.

— « Je mérite mieux. » Tu ne peux pas trouver autre chose ? C'est ce que disent tous les mecs quand ils veulent larguer leur nana et qu'ils n'ont pas le courage de dire « Je ne t'aime pas » ou « Je ne t'aime plus ». Tu es aussi lâche qu'eux ?

— Tu sais très bien que ce n'est pas le propos.

— Quel est le propos, alors ? Putain, tu vas me le dire ? Qu'est-ce que tu fous là si ce n'est pas le propos ?

Raphaël garde le silence. Quand mon sang ne fait qu'un tour, il demeure placide. Il a toujours agi ainsi. Il me connaît suffisamment pour savoir qu'en général le soufflé redescend vite. Peu probable, ce soir. Sa posture, impassible, m'horripile. Je voudrais le secouer, l'obliger à parler.

Qu'il m'explique pourquoi il élude chacune de mes questions.

Qu'il m'explique ce que je ne parviens pas à appréhender, car incontestablement, il y a un enjeu sur lequel je n'arrive pas à mettre le doigt.

Par moments, alors que l'harmonie règne, la conversation déraille et tout sonne faux. Je l'ai constaté à plusieurs reprises durant notre périple. Dans cette chambre, ce jeu de dupes atteint son paroxysme. Raphaël me repousse, mais il est incapable de s'éloigner complètement. Il retarde la séparation. Je devrais le maudire d'entretenir ainsi le chaud et le froid, mais je ne suis capable de rien d'autre que de l'aimer. À en mourir.

Les larmes qui m'inondent témoignent de mon impuissance. J'aimerais qu'elles me lavent. De Raphaël. De mon chagrin. Frotter chaque centimètre de ma peau jusqu'au sang avec ces larmes. Jusqu'à l'épuisement. Pour effacer toute trace. Et devenir amnésique.

— Je t'en prie, Lisa, ne pleure pas. Ça m'anéantit.

— Si ça t'anéantit, prends-moi dans tes bras au lieu de rester planté là, sans bouger.

— Je ne peux pas.

Ces derniers mots, je les accueille, syllabe après syllabe, au ralenti, dans un brouillard sonore à peine perceptible. L'incapacité de Raphaël, son empêchement accentuent mon désespoir. Je ne veux pas qu'il se transforme en ressentiment, mais il m'est impossible de ne pas céder à l'aigreur. Je saigne et je cherche un moyen de stopper l'hémorragie. J'ai besoin d'être méchante pour ne pas être la seule meurtrie.

— Je vais continuer à pleurer parce que je suis encore capable de m'émouvoir, alors que ton cœur à toi est sec. Je te plains.

Un tranquillisant de toute urgence. De rage, je fouille dans mon sac et attrape une petite pochette de médicaments. J'ai toujours du Lexomil sur moi, au cas où je ne parviendrais pas à contrôler une crise d'angoisse. Je n'en ai pas pris depuis longtemps. Ce soir, au lieu du quart de cachet habituel, je laisse fondre sous ma langue la barrette entière.

— Tu ne devrais pas te laisser aller ainsi, tu es sur une mauvaise pente, me lance Raphaël.

Mais qu'est-ce que cela peut bien lui foutre après tout ? Il vient de me piétiner, refusant ma tendresse. Qu'il s'abstienne de toute leçon. Il insiste.

— Lisa, tu devrais faire demi-tour. Rentrer chez toi.

Accablée de tristesse, je me glisse dans les draps, et me recroqueville sur moi-même en position fœtale. Mon corps, qui n'accueillera aucune caresse ce soir, est lourd comme une enclume. Je suis une épave, échouée en terre hostile, sur les rives d'un fleuve opaque. Seuls les effluves de mon huile scintillante me procurent un peu de réconfort. Je repense à ma promesse devant le miroir de la salle de bains. Celle de m'aimer. Un peu, si je peux. Je dois l'honorer. Essayer. Et résister à la tentation de la nausée. Avant de sombrer dans un sommeil profond que j'espère de tous mes vœux, j'entends Raphaël m'appeler.

— Ne t'endors pas, parle-moi encore.

Comment ose-t-il ? Si mes forces ne m'avaient pas déjà abandonnée, je serais tentée de me relever pour lui dire d'aller au diable.

— Lisa, reste avec moi.

La douleur me quitte, l'aigreur s'en va, le ressentiment s'atténue, la pesanteur de mon corps s'évanouit, mes larmes sèchent. Demain sera un autre jour. Oui, demain est déjà un autre jour. Me souviendrai-je encore de mes derniers mots adressés à Raphaël ?

— Laisse-moi tranquille avec mon chagrin. À choisir, je préfère mon chagrin d'amour à ton désamour.

***

En me réveillant ce matin-là, enroulée dans mes draps, le visage écrasé sur l'oreiller, j'avais la tête prise dans un étau. Une mélasse épaisse comprimait mes tempes, mes paupières étaient lourdes. J'étais assommée par la résurgence du passé. Assommée aussi par le mauvais mélange champagne-anxiolytiques absorbé en trop grande quantité. J'essayai de me remémorer la soirée de la veille. Les petits mots retrouvés sous l'armoire. L'apéritif dans le salon du Jeu de paume. L'e-mail adressé à Pablo. Le dîner étoilé dans la cour florentine, auquel j'avais failli renoncer. Tout cela m'avait ramenée vers hier, vers ces contrées que je pensais avoir enfermées dans les cartes postales de ma mémoire, mais dont la rémanence se révélait beaucoup plus puissante que je ne l'aurais imaginé.

Ce retour dans la chambre 28 avait été difficile. Raphaël ne m'appartenait plus. Jamais plus il ne me ferait l'amour. Notre histoire était finie. On ne peut pas être et avoir été. Cette réalité s'était imposée telle une sentence abominable. Le Lexomil avait été ma seule bouée de sauvetage, une fenêtre vers l'oubli. Ce matin, je regrettais amèrement d'avoir eu si facilement recours à la chimie. Je n'avais pas parcouru tout ce chemin pour céder à la neurasthénie.

En ouvrant les yeux péniblement, la première chose que j'avais réussi à déceler était la petite lampe rouge du téléphone qui clignotait à quelques mètres du lit. Elle indiquait un appel en absence. Je n'avais entendu aucune sonnerie, mais ce n'était pas étonnant compte tenu de l'état comateux dans lequel j'avais sombré.

À tâtons, je cherchai mon portable dans mon sac au pied du lit. Il était déchargé. Quelle heure pouvait-il bien être ? L'écran du réveil, que je percevais à présent distinctement, affichait midi. En arrivant à mon cerveau, l'information me réveilla tout à fait et je bondis comme si j'avais manqué un rendez-vous important.

Rien ne pressait, j'avais tout mon temps. Et encore trois jours pour rejoindre Nice. Cette perspective me rendit le sourire. Ne pas avoir d'horaires est un privilège qu'il faut savoir apprécier.

En rallumant mon portable, je constatai que Pablo avait tenté de m'appeler à trois reprises. Il m'avait également adressé un message par e-mail.

Lisa,

Où es-tu ? Que fais-tu ? Je m'interroge et je vais même plus loin : avec qui es-tu ? Ton e-mail est une flèche reçue en plein cœur. Pas la flèche argentée de Cupidon, mais une flèche en acier trempé, dure et tranchante.

Entre deux réflexions sibyllines sur tes déambulations lyonnaises, tu glisses, l'air de rien, que tu ne crois pas au mariage, un « contrat à perpétuité, assorti d'une assurance tous risques ». Et tu ajoutes : « l'amour est en perpétuelle mutation ». En effet ! Ces mots en particulier se sont détachés de tous les autres. Parce qu'ils jettent une ombre sur tes sentiments. Dois-je comprendre que tu nages en plein doute et que tu prends soin d'éloigner l'échéance de notre mariage en agitant le drapeau de l'« engagement libre », comme s'il s'agissait d'une conviction bien ancrée ? Si tel est le cas, tu manques de courage et de transparence. T'es-tu à ce point égarée dans les traboules de Lyon ? Avec moi, inutile d'emprunter des chemins détournés.

Tu prends quelques précautions oratoires, assurant que tu comprends mon souhait de t'épouser, que tu ne veux pas me faire de peine. Vraiment ? Permets-moi, là encore, de douter de ta sincérité. D'abord, parce qu'on ne peut pas impunément dégoupiller une grenade sans savoir qu'il y aura des dommages collatéraux. Ensuite parce que j'ai voulu en parler avec toi, avoir une discussion un peu plus approfondie sur un sujet aussi grave. Je t'ai donc téléphoné. Ton portable était directement sur répondeur. J'ai insisté en appelant l'hôtel, puisque tu m'avais assuré que tu allais commander un room service *dans ta chambre, pour le dîner. Et tu sais quoi ? La sonnerie a retenti de longues minutes. Personne dans la chambre 28 pour me répondre. J'espère que tu n'auras pas le mauvais goût d'essayer de me faire croire que tu étais dans ton bain. J'ai pris le soin de téléphoner à plusieurs reprises.*

Si « le mariage est un mensonge », pour te citer encore une fois, toi, Lisa, tu es quoi ? Le mensonge ou la vérité ?

Pablo

P.-S. : Tu m'avais promis de revenir de ce voyage transformée. J'avais imaginé que ce serait pour le meilleur, pas pour le pire.

Km 500 – Chonas-l'Amballan

J'ai repris la route et je navigue entre deux humeurs. J'hésite entre l'agacement – la lecture de l'e-mail de Pablo présage une dispute à venir dont je ferais volontiers l'économie, d'ailleurs je vais attendre quelques heures avant de lui téléphoner –, et le plaisir d'être sur cette nationale 7 ensoleillée, sous cet azur qui efface les tourments et dont je ne me lasserai jamais. Je repense au kaléidoscope que m'avait offert mon père lorsque j'étais enfant. J'étais fascinée par le nombre infini de motifs colorés qui se succédaient sous mes yeux. Cette route est tout aussi hypnotique avec sa symphonie de vert, de bleu, de jaune. Avec ses champs de maïs, de tournesols, ses vergers dans lesquels j'ai envie de me perdre. Je suis étourdie par la lumière, la vitesse. Par ces cours d'eau aussi, affluents de la Seine, de la Loire ou du Rhône, que je longe et qui semblent dessiner le fil d'Ariane de mon voyage. J'essaie de m'enivrer de ce spectacle pour qu'il reste à jamais inscrit dans ma mémoire mais je sais déjà qu'une multitude de détails m'échappent. Que ces images sans cesse renouvelées s'éparpillent sans que je puisse les retenir. Et c'est comme si une partie de la beauté du monde m'était offerte mais que, déjà, elle s'envolait dans l'air tiède de l'été.

Comme si était arraché des mains de la petite fille le kaléidoscope qui la tenait éveillée.

J'ai l'intuition d'avoir franchi la frontière invisible qui annonce le Sud. Et bientôt, la Méditerranée, la Grande Bleue, s'offrira tel le Graal après avoir franchi toutes les étapes du jeu des Mille Bornes. Bientôt le pays des cigales et des oliviers. Les herbes folles. Les portes du Midi.

Raphaël est assis sur le siège passager. Imperturbable, campé dans une immobilité qui lui confère l'allure d'un mannequin de cire. Il ne prononce aucune parole. Au lendemain de cette soirée émotionnellement difficile, sa présence silencieuse me pèse. Plusieurs fois depuis le début de notre périple, je me suis demandé s'il est mon radeau ou la pierre qui m'entraîne vers le fond. Il n'est ni l'un ni l'autre puisqu'il se conjugue au passé et me le rappelle à chaque instant. L'évidence d'autrefois a laissé la place à un « je-ne-sais-quoi » friable et imprudent. J'aimerais qu'il cesse de me tourmenter.

Que je sois enfin en paix. J'ai besoin de répit.

D'un café aussi.

Après avoir traversé une zone industrielle assez laide, je quitte les bords du Rhône et je m'arrête au Relais 500 de Vienne, la réplique d'un motel américain des années soixante. Je me gare devant l'une des chambres. C'est le repère des « routards » et des « originaux ».

J'envie leur liberté. Ma vie est un chemin balisé qui laisse peu de place à l'improvisation. Je suis devenue une bourgeoise engoncée dans son conformisme. N'ai-je d'ailleurs jamais été autre chose ? Je repense à l'achat de la Spider qui me donnait, à vingt ans, l'illusion d'être une rebelle. C'était juste un apparat. Comme une jupe trouée au ras des fesses ou un piercing au nombril. La liberté dans la tête, je ne l'ai jamais expérimentée. La vie de bohème encore moins, alors je suis curieuse de découvrir les hôtes de cet improbable motel.

Je ne propose pas à Raphaël de m'accompagner. Je souhaite boire ce café seule.

Ce ne sera pas long.

Il ne proteste pas, se contentant de me faire remarquer que j'ai déjà bu deux cafés ce matin, et que la caféine est nocive pour mon tempérament anxieux. Il aime, lui aussi, les limites et la censure. Je vais prendre un troisième café, ne lui en déplaise. D'habitude, je ne bois que du décaféiné, mais, ce matin, après ce réveil chagrin, j'ai eu la faiblesse de commander un vrai petit-déjeuner. Servi sur un plateau d'argent. Avec des œufs, du bacon, du pain frais, du beurre et de la confiture maison. Et du café moulu accompagné de son nuage de lait. J'ai même avalé des viennoiseries. En repensant à la douceur et au moelleux du pain aux raisins, je me félicite de l'avoir fait. Je me suis autorisé tout ce que je me refuse d'habitude, moi qui mange sans gluten et sans lactose. Délicieux, un luxe. Je me suis demandé pourquoi j'avais renoncé à tout cela. Les belles et les bonnes choses colorent le quotidien. Offrent la certitude, un court instant, de pouvoir fuir tout ce qui nous déchire ou nous écartèle. Je suis décidément une authentique bourgeoise. J'assume, d'autant que ce petit déjeuner a été une trêve. Entre Raphaël et moi. Entre Pablo et moi. Entre moi et moi.

En pénétrant dans le bar, je suis immédiatement happée par les sons qui proviennent du téléviseur accroché au-dessus d'un comptoir où est accoudé un homme. Sans doute un chauffeur de poids lourd. Des hurlements se mêlent à des applaudissements, ponctués par les remarques appuyées d'un journaliste sportif. Il commente un match de catch retransmis en direct des États-Unis, égrène les prises effectuées par les deux adversaires du jour. Elles portent des noms barbares. Le « marteau-pilon », l'« écrasement crânien », le « briseur de nuque », l'« insecticide mortel ». J'imagine qu'à force ces postures répétées peuvent provoquer des commotions cérébrales, des fractures ou des comas. Alors pourquoi ? Je n'ai jamais saisi ni l'enjeu ni l'intérêt de ce spectacle clownesque, de cette chorégraphie de la violence, mais je suis, comme le seul téléspectateur du motel, aimantée par les images de cette sauvagerie gratuite qui défilent sur le petit écran.

Il m'interpelle :

— Viens donc t'asseoir, la petite dame. On dirait que toi aussi t'aimes le catch. Moi, je m'appelle René.

Sans y prêter garde, je m'assieds sur le tabouret haut, juste à côté de cet inconnu. Je commande un café au serveur. À peine posé devant moi, j'y ajoute une goutte de lait, l'avale sans réfléchir et, dans la minute qui suit, j'ai une petite appréhension. Raphaël n'a pas tout à fait tort, la caféine épuise les réserves de magnésium et j'en manque depuis toujours.

Je suis fascinée par les deux monstres en collants pailletés qui s'affrontent dans une cage dorée à six mètres de hauteur. Je retiens mon souffle.

— Alors comme ça, t'aimes le catch ? reprend René.

— Non, je n'aime pas. C'est du cirque tout ça. Y a rien de vrai. Tout est truqué.

— Comment ça, du cirque ? Bah, pourquoi tu regardes, alors ?

Il a raison. Pourquoi je regarde, comme cent mille fans en délire, Marc C, deux mètres dix, cent quarante kilos, surnommé « la Grande Faucheuse », se jeter dans le vide pour écraser John K, de retour sur scène après six ans d'absence ?

Mon voisin reprend.

— Ne loupe surtout pas ça. Ce qu'il va faire là, c'est le truc le plus dangereux : la broyeuse à poumons. Si Marc réussit son coup, John ne pourra plus respirer. Il va étouffer à petit feu.

Ces mots s'écrasent contre ma poitrine. Je suis projetée sur le ring, à terre. J'attends le grand saut de la Faucheuse, blême. J'ai conscience d'être blanche comme un linge, dépassée, une fois de plus, par cette capacité étrange de pouvoir m'observer à distance. Je m'élève au-dessus de mon corps et j'assiste, impuissante, à une agonie. Celle de John K et la mienne. Dans cette confusion sensorielle, ma tension chute, je le perçois d'instinct. Je suis proche de l'évanouissement et mon trouble alarme mon voisin.

— Ça va pas, la p'tite dame ? T'es toute pâlichonne. Qu'est-ce qui t'arrive ? On dirait un p'tit poulet tout tremblant.

Il hèle le serveur du Relais 500.

— Eh, Didier. Sers donc un remontant à la dame, elle ne se sent pas bien.

Didier m'apporte une chope de bière. Je déteste la bière. Quelle vulgarité, une femme qui boit de la bière. Mais ce chauffeur de poids lourd a raison, je dois reprendre des couleurs et une boisson gazeuse va obliger mon larynx à s'ouvrir. Je respirerai mieux. J'absorbe, avec dégoût, les cinquante centilitres de 1664 presque d'un trait.

— Bah dis donc, tu caches bien ton jeu, toi ! Ta descente, je ne voudrais pas la remonter avec mon camtar ! me lance René.

Marc C bondit, tel un ogre féroce, sur le poitrail de John K. Il accuse le coup, j'accuse le coup. Je suis John dont on vient d'écraser la poitrine. Par mimétisme sans doute, parce que je ne peux m'empêcher d'endurer intensément tout ce qui se joue devant moi, ou peut-être à cause de la caféine, j'étouffe. Un poids immense comprime mon thorax. René s'inquiète de me voir ainsi défaillir.

— Non mais il faut pas se mettre dans des états pareils. T'as raison, c'est du cinéma tout ça. Tu vois bien qu'ils surjouent ces deux branquignols.

Je n'entends plus rien. Seul persiste un bourdonnement sourd. Il s'accompagne de fourmillements dans tous mes membres. Machinalement, je me griffe le visage pour essayer de retrouver un peu de contenance et ne pas m'évanouir. Il faut que je sorte, respirer le grand air. Dehors, je pourrai reprendre mon souffle. Dehors, c'est loin. Je cours vers la sortie et, quelques pas avant d'atteindre la porte, mes poumons se remplissent à nouveau. Je prends une grande respiration, puis une deuxième. Le soulagement est instantané.

Comment se peut-il que je sois à ce point suggestible ? Qu'un simple match de catch me renvoie à mes angoisses les plus profondes et provoque une crise dont je ne parviens pas à contrôler la montée ? Je suis abattue par ma fragilité, par l'absence de contrôle. Le son ambiant revient doucement. René lance dans ma direction :

— Pars pas tout de suite, ça vient juste de commencer.

Je me retourne vers lui et je le vois pour la première fois. Son visage est parcouru de rides verticales qui lui barrent les joues. Des cernes violets encerclent ses yeux. Cet homme est fatigué. Il a jeté l'éponge, il y a bien longtemps. Le Relais 500 n'est finalement pas peuplé que d'idéalistes rêveurs. Le barman aussi jette un œil dans ma direction et insiste.

— Bah oui, restez donc avec nous. Restez avec nous !

Km 564 – Valence

Nous sommes enfin à Valence. J'ai eu du mal à me recentrer en reprenant la route après cette halte agitée. L'air de la Drôme m'a revigorée. Je savais, en quittant Paris, qu'il y aurait un avant et un après ce voyage. Je n'avais pas envisagé un clair-obscur aussi intense. Les moments de félicité se mêlent aux minutes sombres, se confondent parfois. Je cherche, sans y parvenir, une ligne directrice à tous ces événements. Pour l'heure, n'émerge qu'un pêle-mêle d'images qui impriment ma rétine sans hiérarchie et sans persistance. Un grand chaos. Je rêve d'abandon, de lâcher-prise – je ne suis pourtant pas très douée pour me laisser aller – mais tout me pousse vers le contrôle et la maîtrise. Raphaël en particulier. Absent quand je suis éveillée et que j'espère sa compagnie, soudain prolixe et prêt à refaire le monde quand j'ai sommeil.

Ce décalage m'épuise. Je suis sur un ring – pas de catch, mais de boxe – avec lui, contre lui, sans connaître l'enjeu du combat. Il n'a jamais été un adversaire, pourtant j'esquive les coups. Il me pousse en arrière. Me contraint à reculer. Entre nous, s'est immiscée une résistance. Ces nouvelles règles du jeu me déstabilisent. Je marche sur une ligne de crête en permanence, luttant pour garder l'équilibre, attirée par le vide.

En descendant de la Spider, garée à proximité du Champ-de-Mars, je vérifie que la lettre de Raphaël se trouve toujours à sa place, dans la pochette de mon sac à main, avec les photos de notre voyage. Je la protège comme un sésame, anxieuse qu'on puisse me la dérober, ou qu'elle s'envole malencontreusement. Je caresse l'enveloppe, je suis curieuse de savoir ce que Raphaël a couché sur le papier, mais je n'éprouve aucune impatience. J'aime l'idée de retarder l'échéance. Je sais que le bon moment viendra.

Un guide nous interpelle et nous propose de marcher dans les pas de Napoléon Bonaparte, qui a marqué la ville de son passage. Je décline fermement l'invitation. Aujourd'hui, pas question de me glisser dans la peau de quiconque. Marre d'être une éponge. Marre d'absorber toutes les énergies passées et présentes. Je suis à fleur de peau et je n'aspire qu'à une seule chose : me délester des pensées des autres, embrasser mon propre destin. Être sur mes rails.

Raphaël insiste. Il a retrouvé cette légèreté qui lui va si bien et son enthousiasme d'enfant. Je ne m'en plains pas. Il veut aller voir la bague offerte par l'empereur à son amour de jeunesse, Caroline du Colombier, avec qui il a entretenu une longue relation épistolaire et platonique. Elle a été acquise récemment aux enchères par l'association Bonaparte et revient là où tout a commencé, en terre valentinoise. Raphaël est excité à l'idée de faire ressurgir cette histoire oubliée, car, dit-il, les premières amours sont celles qui nous survivent. Je trouve cela poétique.

Le bijou est d'une beauté extravagante avec sa gravure en ivoire finement ciselée représentant un homme et une femme cueillant des cerises. À côté, en guise d'explications, on peut lire ces quelques mots de Napoléon, extraits de ses mémoires de Sainte-Hélène : « On n'eût pas su être plus innocents que nous ; je me souviens encore d'un matin piquant, au milieu de l'été, au point du jour ; on le croira à peine, tout notre bonheur se réduisit à manger des cerises ensemble. »

— L'amour platonique est sublime, tu ne trouves pas ? me lance Raphaël. Cet amour-là est indéfectible, il est à l'abri de tous les lieux communs. Il transcende les frontières, ne connaît aucune rivalité.

Je ne suis pas sûre d'avoir beaucoup de sympathie pour l'amour platonique, surtout en ce moment, mais je ne veux pas le contredire. Il ne faut pas abîmer les beaux moments. Je garde ma frustration pour moi. Je ne dis rien de cette blessure narcissique, qui enfle, de ne plus être désirée. Je ne dis rien non plus de cette prescience amère d'être passée de l'« autre côté », quand on s'apprête à compter les étés, sans l'avoir anticipé, sans s'y être préparé. Cela me plonge dans un état de fébrilité.

Raphaël a sans doute vu le nuage obscurcir mes pensées.

— Tu sais que Napoléon a attendu vingt-cinq ans avant d'offrir cette bague à Caroline ? Toi et moi, ça fait quoi ? Vingt-cinq ans ? Il est temps que je te passe une bague au doigt.

Son rire occupe tout l'espace. Raphaël possède ce charme magnétique auquel je ne peux opposer aucune résistance. Il m'entraîne sur une jolie place arborée qui accueille une brocante. Le guide de l'association lui a soufflé l'adresse. Et nous voilà à arpenter les allées d'un vaste cabinet de curiosités à ciel ouvert. Les vieilles dentelles côtoient les bondieuseries, les oiseaux empaillés, la vaisselle ébréchée. Tous les objets exposés possèdent une âme et nous racontent une histoire. Je suis attirée par une boîte à pharmacie rouillée. Machinalement, je l'ouvre. Elle contient un vieux stéthoscope. J'ai toujours été curieuse d'écouter à quoi pouvaient bien ressembler des battements cardiaques amplifiés. L'occasion est trop belle. Je place les deux embouts dans mes oreilles, le palet métallique sur ma poitrine. Rien. Aucun son. Je cherche mon pouls au creux de mon poignet. Toujours rien. Pas de signal. Trop de bruit autour de moi. Trop de gens qui me bousculent. Et ce stéthoscope, en l'observant de plus près, est aussi rouillé que la vieille boîte. Je le repose car déjà Raphaël me tire par le bras pour que je poursuive mon chemin.

— Viens, suis-moi, j'ai trouvé la bague qu'il te faut.

Je me laisse porter, un peu ivre de nos changements d'humeur et de tout ce monde, ne sachant où donner de la tête dans ce joyeux grenier. Une bague, quelle drôle d'idée. Pour célébrer quoi ? Nos retrouvailles sur un malentendu ? Une histoire qui n'est plus mais qui n'en finit pas de se chercher pour mieux se perdre ?

Au détour d'un stand d'objets automobiles vintage, mon regard se pose sur une petite plaque d'émail bleue figurant, sur un relief doré, un ange, une main tendue vers le ciel, l'autre serrant fort celle d'un enfant. Elle porte l'inscription « saint Raphaël ». Le vendeur nous explique qu'il s'agit d'une plaque de calandre. Comprenant que cet éclairage ne m'évoque pas grand-chose – je ne suis pas certaine de savoir où se situe la calandre d'une voiture –, il développe :

— Cette petite plaque était accrochée à l'avant des véhicules, juste au-dessus de la plaque d'immatriculation, pour protéger les occupants lors des longs trajets. Vous voyez, cette gravure à l'or fin illustre une scène biblique. C'est l'archange Raphaël qui accompagne et protège le jeune Tobie dans son périple. L'Église y a vu le patron des voyageurs et l'ange gardien par excellence. C'est aussi un saint guérisseur. Vous devriez l'acheter, sa protection n'a pas de prix.

Raphaël s'impatiente. Il veut me montrer cette bague qu'il a repérée. Pas besoin d'acheter cette plaque, assure-t-il, même si elle est jolie. D'abord parce qu'il est là, lui, pour me protéger. Ensuite parce que ma décapotable a une calandre bien trop petite pour y accrocher quoi que ce soit.

— Elle est très belle, combien coûte-t-elle ? je m'empresse de demander au vendeur.

— Pour vous, prix d'ami : cent trente euros.

— D'accord, je la prends.

Raphaël s'offusque. Il trouve le prix délirant.

— Tu plaisantes. C'est pas un prix d'ami ça, c'est un prix spécial touristes. Tu pourrais négocier au moins.

— Je ne négocie pas avec les anges, enfin, ce serait grossier. Elle me plaît cette plaque. Et ce sera un souvenir.

En me remettant l'objet soigneusement emballé dans du papier kraft, le vendeur me tend un exemplaire ancien du livre de Milton *Le Paradis perdu*.

— Ne vous disputez pas, les tourtereaux. Je vous offre ce poème qui vous éclairera sur saint Raphaël.

Mon Raphaël m'entraîne à nouveau dans sa chasse au trésor. La bague qu'il veut m'offrir est ravissante. Un jonc en or, des épis de blé qui se referment sur une pierre en onyx polie. Elle évoque la chaleur de l'été qui viendrait adoucir le cœur ténébreux d'un ciel d'orage. Elle date des années vingt, a sans doute déjà orné plusieurs mains, accompagné plusieurs femmes, porté plusieurs engagements et cela me plaît. J'ai toujours aimé vivre avec les fantômes des maisons anciennes, les habits vintage, les objets démodés. La trace de nos ancêtres, l'empreinte invisible des autres me rassurent.

Raphaël me demande de lui tendre la main. Spontanément, je lève ma main gauche sur laquelle trône le solitaire de mes fiançailles. Je suis gênée par ma maladresse, par l'irruption immédiate de Pablo dans cet instant d'intimité. Raphaël sourit et, sans paraître le moins du monde contrarié, attrape ma main droite pour glisser sa bague à mon annulaire.

— Elle est faite pour toi. La taille est parfaite.

Je ne sais pas quoi penser de ce cadeau inattendu. Inapproprié peut-être. Je n'ai pas le temps de me faire un nouveau nœud au cerveau, car mon téléphone sonne. Pablo appelle en FaceTime. Cela ne lui arrive jamais. Je me sens surveillée. Je sais à quoi je m'expose après son e-mail de ce matin. Il va falloir que j'entre dans l'arène, sans agiter le chiffon rouge. Fournir des explications, me justifier.

Raphaël a compris et s'éloigne déjà. Je dois décrocher. Je n'ai pas d'autre choix que d'affronter Pablo.

Allô ? (…) Ça va et toi ? (…) Oui, il y a beaucoup de bruit. Je me suis arrêtée dans une brocante. Pourquoi tu m'appelles en FaceTime ? (…) Si, si, moi aussi ça me fait plaisir de te voir (…) Mais enfin, qu'est-ce que tu vas imaginer ? J'étais seule hier soir. T'es vraiment parano. (...) Mon portable était coupé parce que j'ai finalement décidé de dîner au restaurant étoilé de l'hôtel. Seule. Je te le répète, seule. Ce n'était pas très agréable. En remontant dans ma chambre, j'avais du mal à trouver le sommeil. J'ai avalé un Lexomil (…) Oui, c'est tout. Je peux te mentir si tu veux, inventer une histoire rocambolesque. Mais je préfère te dire la vérité… Pablo, tu te fais des idées (…) Je n'ai jamais dit que je renonçais à notre mariage, tu déformes tout. (...) On peut remettre cette conversation à plus tard ? J'ai peut-être été maladroite dans mon e-mail… J'avais un peu bu. Je voulais juste te livrer mes états d'âme. Être honnête. Ça ne remet rien en cause (…)

Raphaël est loin. Il a déjà traversé toute la place de la brocante. Je le regarde s'éloigner, de dos. Je connais par cœur le mouvement de ses hanches, la légère déviation de ses pieds quand il marche. Tout son corps est projeté vers l'avant dans un mouvement volontaire. De ce pas décidé, je sais qu'il s'en va. Il part. Sans claquer la porte, mais avec la conviction sincère de ne pas être à sa place. J'ai envie de crier son nom. Cette fois encore, les mots restent coincés dans ma gorge. Je repense à ce cauchemar que je fais souvent. Je suis recherchée ou prisonnière d'une situation qui m'effraie. Je veux m'enfuir, mais mes pieds sont scellés au sol. Incapable de faire le moindre mouvement. Je tente de hurler pour attirer l'attention. Je ne peux produire aucun son, enfermée en moi-même, cimentée de l'intérieur. Vulnérable et sans défense.

J'ai des sueurs froides. Je voudrais courir, rattraper Raphaël. Impossible. Machinalement, je vérifie ma température d'un geste rapide sur mon front et passe la main dans mes cheveux.

(…) Oui, oui je suis là, je t'entends (…) Quelle bague ? (…) Ah, celle que je porte (…) Elle n'est pas du tout gothique ! Je viens de l'acheter. Tu ne la trouves pas jolie ? C'est une bague des années vingt (…) Tu n'aimes pas que je porte d'autres bijoux que ceux que tu m'offres, je sais. Pfff… Et sinon, tu as quelque chose d'agréable à me dire ? Ou tu as juste envie qu'on se dispute ? (…) Oui, je me mets à ta place mais je ne peux pas te rassurer en permanence. Je refuse. Je ne veux pas entrer dans ton jeu (…) Je n'ai rien à me reprocher. (...) Je rentre dimanche comme prévu. (...) Pablo ? (...)

Raphaël s'apprête à quitter les lieux. Il se retourne pour me faire face, m'adresse un geste discret de la main, esquisse un sourire timide.

À la fois doux et grave.

Il s'en va.

Je n'ai pas eu le temps de lui dire au revoir.

Pour me donner le courage de mettre un pied devant l'autre, de ne pas rester figée telles ces poupées de porcelaine qui sommeillent dans la vitrine en face de moi, je ressuscite les quelques vers que je me souviens avoir griffonnés sur une nappe en papier, seule, dans un restaurant bondé, un soir de chagrin et j'improvise une mélodie qui me guide vers la sortie.

Tu es là
À chaque pas
Dans le regard des hommes qui passent
Au fond des cours, dans chaque impasse
Tu es là
Dans mes silences, tu te prélasses
Je t'aime
Que veux-tu que j'y fasse

Km 655 – Piolenc

Rentre à Paris, ta vie est auprès de Pablo. Tu le fais souffrir.

Je dois aller jusqu'au bout de ce voyage.

Rentre, tu n'as pas à t'infliger ça.

J'en ai besoin.

Fais demi-tour, rentre.

Non.

Le mistral accentuait la confusion.

Ma voix intérieure, celles de Pablo et de Raphaël se mélangeaient et alimentaient un dialogue imaginaire à trois qui ne pourrait jamais exister dans la réalité. J'avais conscience que c'était malsain, mais je me plaisais à imaginer Pablo et Raphaël ensemble. On a la tentation de réunir autour de soi ceux qu'on aime. En d'autres circonstances, ils auraient pu être amis, adhérer à une même communauté de pensée, partager des passe-temps, avoir des opinions politiques convergentes. Au fond, on choisit toujours des hommes taillés dans le même bois.

Je me souvenais avoir prononcé ces mots à l'enterrement de mon grand-père : « Tu m'as appris à aimer les hommes, à avoir en eux une confiance éperdue, car tu as été ce mari, ce père, ce grand-père bon, généreux, courageux, toujours présent. À ton contact, on ne peut qu'aimer les hommes aveuglément. Sans méfiance. Sans arrière-pensées. Cette aptitude est un cadeau merveilleux qui me guidera toujours. Merci. »

J'ai eu cette chance d'avoir des référents masculins solides dont je n'ai jamais eu à douter. Mes grands-pères, mon père. Cela m'a permis d'être séduite par des hommes qui leur ressemblent dans leur altruisme et leur amour salvateur. Même si parfois les histoires s'arrêtent. Même si parfois les cœurs se brisent.

Je suivais la nationale 7, sûre d'être sur ma voie. Convaincue de la nécessité de ce voyage. Sur le siège passager, un Raphaël avait remplacé l'autre. À côté de moi, j'avais posé la petite plaque de calandre émaillée à l'effigie de l'archange. De temps à autre, je la prenais entre mes mains. J'étais heureuse de cet achat et du recueil poétique offert par le vendeur, dans lequel je me plongerais bientôt. En emménageant avec Pablo, je m'étais délestée. J'avais trié, donné ou jeté presque tous les objets acquis avant de le rencontrer. Ceux qui ne m'avaient procuré qu'un plaisir éphémère – robes, chaussures, cosmétiques, parfums, bibelots, sacs – et ceux qui portaient le sceau de ma vie avec Raphaël – notre vaisselle, nos lithographies, notre collection de papillons, nos coquillages ramassés sur la plage… J'avais même offert tous nos livres. Les écrits, en particulier ceux qui nous ont touchés, sont le marqueur d'une époque. En regardant la couverture, on peut se remémorer un frisson, une caresse, une balade. Je voulais être aussi légère que l'air. Je n'avais eu qu'une seule exigence pour notre intérieur : le papier peint de la chambre. Pour le reste, Pablo avait choisi seul.

En faisant ce grand ménage, j'avais espéré faire le vide dans ma mémoire. M'offrir un terrain vierge pour tout recommencer et entamer une nouvelle étape avec lui. La satisfaction n'avait été que de courte durée, car tout ce vide laisse une place immense aux pensées refoulées et aux émotions enfouies. Inéluctablement, elles viennent vous torturer.

Au fond, cette constance, cette récurrence des souvenirs rassurent. Si tout s'effaçait, rien ne mériterait d'être vécu. Je savais aujourd'hui qu'on ne se construisait pas contre, mais avec. Avec le bon, le mauvais, le douloureux. Avec le passé. Rien ne s'annule, tout s'additionne.

Cette plaque de calandre était le signe de cette prise de conscience.

Sur le bas-côté de la route, une pancarte indiquait la ville de Piolenc à sept kilomètres. Ce nom m'était familier, pourtant j'étais certaine de ne pas m'être arrêtée, autrefois, dans cette commune avec Raphaël. Nous avions fait la route d'une traite de Valence à Avignon.

Piolenc, Piolenc, Piolenc… Mais bien sûr ! La ville où habitait Patricia, la médium, disciple de Maître Philippe, dont m'avait parlé le garçon de la Cour des Loges. Il m'avait même encouragée à la consulter. Et pourquoi pas finalement ? Mais sans rendez-vous, cela s'annonçait plutôt mal. Je ne risquais rien à tenter ma chance. Après m'être déportée, cette fois encore, de manière périlleuse, vers la droite pour attraper mon téléphone et la carte de visite de Patricia dans mon sac, je pris mon courage à deux mains et composai son numéro. Si Pablo m'avait vue, il aurait été fou de rage de constater que je téléphonais au volant. Et pour contacter une voyante, en plus !

Le destin avait décidé de me tendre la main. Patricia était chez elle, disponible et prête à me recevoir. Et moi, j'étais prise de court, affolée et prête à annuler. Mais cela aurait été impoli. Et puis une petite musique me disait qu'il fallait que je la rencontre. Comment appelle-t-on cela ? L'intuition ? L'inspiration ? Le flair ? Pas la raison, quoi qu'il en soit.

Je fus étonnée d'être accueillie par une femme comme une autre, de corpulence moyenne, les cheveux courts, auburn, apprêtée dans un tailleur-pantalon. Parfumée. Souriante. L'imagerie collective nous joue des tours. Je m'attendais à une créature excentrique. Une sorcière rousse aux cheveux longs ébouriffés avec des yeux de chat pénétrants, un nez tordu, des ongles démesurés.

Quand Patricia m'ouvrit la porte, j'eus honte de m'être laissée aller à un tel cliché. Elle m'invita à m'asseoir et en guise de préambule demanda :

— Est-ce que je vous dis tout ?

Il me fallut quelques instants pour m'imprégner du sens exact de la question. Je n'avais pas eu le temps de réfléchir à la consultation. Je ne m'étais d'ailleurs jamais demandé quel était le cérémonial, le protocole entre le consultant et le consulté.

Est-ce que je voulais tout savoir ? Non. La mort, la maladie, je ne voulais pas savoir.

De quoi je voulais parler ? Ça non plus, je n'avais pas eu le loisir de m'interroger. Constatant mon malaise,

Patricia suggéra de commencer la séance par un tirage général pour cerner la période, les forces autour de moi, les grandes tendances de mon présent et de mon avenir proche. Quatre jeux trônaient devant elle. Elle prit le plus grand et se mit à battre rapidement les cartes. Elles étaient un peu abîmées, cornées sur les bords. La couleur était passée, signe qu'elles avaient déjà servi à des milliers de tirages. Cette usure était rassurante. Avant moi, d'autres avaient interrogé les oracles. Ce n'était pas si délirant, tout compte fait. Patricia m'invita à en choisir huit et à les déposer devant elle, en les alignant, face cachée. Elle retourna celle la plus à gauche, la première que j'avais sélectionnée, et ma gorge se noua en découvrant une hirondelle. Belle, bien dessinée avec son plumage intérieur blanc, reposant sur une branche verdoyante aux multiples bourgeons. Je ne pourrais plus dire ce que représentaient les autres cartes, bien incapable de détourner mon attention de cette apparition. Patricia parlait de moi avec une conviction sans faille.

— Vous êtes à la croisée des chemins. Les six prochains mois vont être décisifs. Là-haut, on est en train de vous emmener vers un changement de vie. Mais pour avancer vous devez vous libérer d'un fardeau, briser des chaînes. Quand ce sera fait, vous vous découvrirez de nouveaux talents et vous vous sentirez légère. Cela vous ouvrira des perspectives inattendues. À l'image d'une cantatrice qui trouverait des octaves supplémentaires. Il faut voir cette grâce qui descend sur vous et qui vous donne la possibilité de vous réinventer. Qu'est-ce qui vous fait peur ? On me parle d'un engagement qui vous terrorise.

— Je ne sais pas. Peut-être mon mariage dans quelques mois. J'ai dit oui, mais je ne suis pas sûre de croire au mariage.

J'étais curieuse de la manière dont Patricia allait envisager Pablo. Volontairement, j'avais choisi de ne faire aucune allusion à notre couple. Je n'avais pas évoqué nos projets ou nos disputes. Aucun commentaire non plus sur Raphaël, à qui je n'arrivais pas à renoncer tout à fait. Parviendrait-elle à percevoir mon tiraillement ?

— Donnez-moi trois autres cartes, s'il vous plaît.

Après avoir consulté mon nouveau tirage, elle m'assura que mon mariage était une nécessité. Qu'il serait une félicité et me procurerait beaucoup de bonheur. Qu'il fallait avancer, sereine, car cette union serait pour le meilleur et pour la vie. En même temps, elle me mettait en garde.

— Je suis troublée. Je vois des choses violentes et cauchemardesques. Elles appartiennent au passé, mais elles reviennent vous hanter. Il faudra balayer tout ça, c'est du poison. Vous ferez le bon choix, je le sens. Si vous pouviez voir toute cette lumière au-dessus de vous, vous seriez immensément touchée. Vous n'auriez plus le moindre chagrin.

Les mots de Patricia filaient et glissaient sur moi. Une seule chose me hantait, pour l'heure, c'était cette hirondelle sur sa branche qui accrochait mon regard. Elle n'avait pas surgi dans mon jeu, elle s'était imposée immédiatement. Si Raphaël avait été là, il m'aurait incitée à calculer la probabilité de voir apparaître cette illustration en particulier dans un jeu de cinquante-deux cartes.

— Vous voulez me parler de cette tristesse dont vous n'arrivez pas à vous défaire ? poursuivit Patricia.

Non, je ne voulais pas lui parler de ma tristesse. Je voulais lui parler de cet oiseau qui me suivait partout. Je lui racontai l'hirondelle sur chacune des photos, sa permanence dans mon voyage. Preuve à l'appui, je lui montrai les clichés et j'interrogeai :

— Comment est-ce possible ? Simple hasard ? Pure coïncidence ?

Patricia scrutait avec un certain amusement mes Polaroid. Elle professa que cette présence était un excellent présage.

— L'hirondelle est un messager qui vous libère, qui vous empêche de rester prisonnière du passé. Elle symbolise la liberté, la chance. Elle annonce un nouveau cycle, un changement et invite au mouvement. Elle vous suit, c'est magnifique.

— Elle me suit ? Pendant mon voyage ?

— Absolument et elle vous pousse vers demain. Donnez-moi la date de naissance de votre chéri ?

Les chiffres sortirent de ma bouche. Trop vite. Comme si quelqu'un d'autre les avait prononcés à ma place. 11-08-1972. Un courant électrique parcourut ma colonne vertébrale. J'étais mortifiée de honte. De culpabilité. J'avais donné, sans le vouloir, la date de naissance de Raphaël. Pas celle de Pablo. Trop tard pour rectifier. Patricia avait déjà fait, sur le coin d'une feuille de papier, un calcul dont elle seule avait le secret.

— Il sera toujours là pour vous. N'ayez aucun doute là-dessus. Malgré les épreuves. Son amour est réel et sincère.

Km 677 – Avignon

« Il sera toujours là pour vous. » Certaines phrases, comme celle-là, claquent dans l'air. On voudrait les étouffer, mais elles restent en suspens. Particules épaisses de pollution mentale. La nuit n'avait rien effacé.

« Il sera toujours là pour vous. » C'est ça, ouais. En attendant, il n'est pas là. De bon matin, je repris la route. Seule.

Il fallait que j'appuie sur l'accélérateur pour arrêter de ruminer. Quatre-vingts, quatre-vingt-dix, cent dix kilomètres-heure. Pourvu qu'il n'y ait pas de radars. Cent vingt. J'appuyai encore. Plus fort. Après tout, à quoi servait de conduire une Spider, si je ne pouvais pas enfoncer la pédale comme une brute ?

Cent quarante. Cent cinquante. J'avais oublié de nouer mon foulard. Pas prévu de jouer les Vatanen. Mes cheveux me fouettaient le visage. J'étais collée à l'arrière de mon siège, contractant les muscles de mon cou pour maintenir ma tête droite. Je me concentrais pour ne pas perdre le contrôle du volant.

Quelle idée d'être allée voir une voyante !

Et si je me mettais debout brutalement sur le frein pour savoir en combien de secondes la voiture pouvait s'arrêter. On vous donne toujours le chrono qui vous permet de passer de zéro à cent. On ne vous dit jamais combien de secondes sont nécessaires pour passer de cent à zéro.

Envie de violence. De brutalité. De me mettre en danger aussi. Par défi, par bêtise. Pour un shoot d'adrénaline. Pour me sentir vivante.

Téméraire mais pas si courageuse. J'avais finalement opté pour une décélération en douceur quand je vis au loin, le panneau « Avignon ». La colère qui couvait en moi m'abandonna aussitôt.

Avignon, la ville de mon enfance. De ma grand-mère chérie. Aucun tracas ne pouvait résister à l'affection immense que j'avais pour elle et pour cette cité des Papes à son image. Radieuse. Éternelle.

Les yeux bandés, j'aurais pu traverser la ville à vive allure, mais c'était chaque fois un tel ravissement que je prenais mon temps pour ne pas perdre une seule vibration de cette atmosphère si particulière. Ici, le soleil brille toute l'année pour offrir aux promeneurs le plaisir de goûter à la fraîcheur des fontaines et à l'ombre des ruelles étroites.

Place de l'Horloge, je levai machinalement les yeux sur la façade de l'hôtel de ville pour consulter l'heure. Les aiguilles dans le grand cadran indiquaient dix-neuf heures. Impossible, il devait être à peine midi comme en témoignait la lumière blanche et crue de ce ciel d'été qui m'éblouissait et m'enveloppait, en même temps, d'une douceur apaisante.

Ainsi, le temps s'était arrêté. J'y voyais un encouragement au moment de franchir le portail de la maison de mon enfance. J'étais juste devant. Tétanisée à l'idée de pousser cette grande porte, pourtant si familière. Dévorée par la vigne vierge, la façade en pierre des Alpilles avait revêtu une tenue de camouflage qui dissimulait presque entièrement les volets à claire-voie dont la peinture vert olive partait en écailles. Je cherchais la fenêtre sous la toiture à triple génoise où je faisais la sieste dans la torpeur estivale. Avec un peu d'imagination m'apparaissait la jolie bastide du temps jadis. Les murs mériteraient un bon ravalement. Après la mort de Papi et le placement de Mamie en institution, personne n'avait eu le courage d'entretenir la maison. Et personne n'avait eu le cœur de la vendre. Longtemps, elle avait été le point de ralliement de tous les membres de notre tribu : ma mère, ses sœurs, mes cousins, mes tantes et oncles par alliance. Une fois par an, au plus fort des vacances, la maison d'Avignon sonnait le rappel d'un grand rassemblement.

Nous étions le six août. Le clairon familial n'avait pas sonné. Il ne sonnerait plus.

Le jardin avait beaucoup moins souffert que je ne l'avais craint. Il avait des accents bohèmes. Ça lui allait bien. La lavande que j'avais plantée au pied de l'olivier centenaire était d'un violet éclatant. Le lilas et les roses en fleur encadraient la vieille tonnelle. Le jasmin invitait à s'asseoir dans les fauteuils en rotin.

Rien n'avait vraiment changé.

Et j'ai tout revu. Les baignades dans le bassin, nos parties de cache-cache, les concours de pétanque à la fraîche, nos serments gravés sur les troncs des arbres, la cueillette des fraises, les piqûres de guêpes.

Nos chamailleries sans aucune rancune.

Nos yeux purs au clair de lune.

J'ai revu l'éden doré de mes premiers étés.

Et, pour la première fois, j'ai réussi à mettre de la couleur dans mes souvenirs, percevant que le noir et le blanc étaient réservés à mon quotidien parisien. Cette couleur enfin retrouvée me bouleversa.

Je suis allée me balancer sur le grand trapèze que m'avait confectionné mon grand-père. Sur cette barre, haut perchée, j'avais construit tous mes rêves. Surtout mes rêves d'amour. Dans mon déguisement de princesse, je m'élevais le plus loin possible, jusqu'à toucher le ciel de la pointe des pieds.

J'imaginais mon prince charmant s'élançant à ma conquête.

J'imaginais, en secret, que pour moi on mourrait.

Je n'avais pas imaginé qu'un prince charmant pouvait me délivrer. Puis s'en aller.

« Il sera toujours là pour vous. » Vraiment ? En me déhanchant, sans atteindre le ciel cette fois, je maudissais les contes de fées. Il ne faudrait jamais en lire aux petites filles. Il aurait été plus instructif de tourner les pages d'un recueil de chansons de Barbara. J'aurais été mieux préparée.

Barbara ne me quitte pas.

Barbara chante encore pour moi, dans le jardin de mon enfance.

J'ai eu tort, je suis revenue
Dans cette ville au loin perdue
Où j'avais passé mon enfance

[…]
Et j'ai retrouvé comme avant
Longtemps après
Le coteau, l'arbre se dressant
Comme au passé
[…]
Il ne faut jamais revenir
Aux temps cachés des souvenirs
Du temps béni de son enfance
Car parmi tous les souvenirs
Ceux de l'enfance sont les pires
Ceux de l'enfance nous déchirent

Il me semble entendre le rire de ma grand-mère. Il vient de l'intérieur. Mais de quel intérieur ? Pas de l'intérieur de moi.

Ce rire, je le reconnaîtrais entre mille. C'est un rire qui déborde après avoir été contenu dans la gorge. Un rire coquin qui s'excuse d'éclater. Le rire d'une enfant espiègle qui anticipe l'effet de sa blague. Dans la bouche d'une vieille dame, un tel rire est contagieux et vous désarme.

Je redresse le buste pour freiner la course du trapèze et en descendre le plus rapidement possible. Le rire provient, j'en suis certaine à présent, de l'intérieur de la maison. Je m'approche lentement, le cœur battant, de l'ancienne bâtisse. À travers les voilages de la cuisine, j'aperçois avec une précision déconcertante ma grand-mère. Elle fait des allers-retours entre sa gazinière et la table à laquelle est assis… Raphaël ! Une onde de choc m'ébranle. Comment est-ce possible ?

Je suis assaillie par des émotions contraires. Le bonheur, d'abord, de voir ces deux-là qui ont toujours eu une tendresse particulière l'un pour l'autre mêler leurs voix. De la jalousie ensuite, pour cette relation privilégiée qui ne s'est pas nouée contre moi, ni malgré moi, mais dont je me suis toujours sentie un peu exclue. D'ailleurs, ils sont là, tous les deux. Et moi, je suis seule. Je les scrute. Extérieure. Je trouve cela injuste. Sait-elle seulement combien je l'aime ? De cet amour inconditionnel, aveugle qui s'impose aux premières lueurs de la vie et qui ne se dément pas avec les années. Mamie est le seul être que j'aime sans failles, sans défauts et sans limites. Et c'est avec lui. Avec Raphaël qu'elle parle. Lui qui m'a quittée sur ce marché de Valence pour finalement la retrouver.

J'aimerais ne pas être aux prises avec ces pensées étriquées, d'autant que l'harmonie règne tout autour. C'est plus fort que moi, je me sens « spoliée ». Trahie par ce lien qui m'exclut. Ils se sont choisis. Reconnus. Elle qui ne reconnaît plus rien. Ou si peu.

Je suis en dehors. Alors que je devrais être le ciment. Cette scène ne devrait pas se jouer sans moi.

Et puis, c'est invraisemblable. Que font-ils là, tous les deux ? Est-ce que Raphaël est allé chercher Mamie à la maison de retraite pour la ramener ici, chez elle, comme il m'est souvent arrivé de le faire ? De quoi parlent-ils ? Elle a presque tout oublié. Parfois lui revenaient des visages, des prénoms, des événements lointains, mais seulement épisodiquement. La mémoire immédiate l'a abandonnée, il y a longtemps. Or, plus je les observe, plus leur conversation me paraît construite et élaborée.

Par miracle, Mamie s'est toujours souvenue des belles choses. Des bonnes recettes aussi. De l'intimité de cette cuisine se dégage à présent la merveilleuse odeur de la brioche au sucre des jours heureux.

Mes dernières visites à la maison de retraite avaient été éprouvantes. Mamie s'était murée en elle-même. Inaccessible.

Loin d'elle.

Elle ne disait plus un mot. Parfois, la parole est superflue. Son regard offrait plus d'intensité que n'importe quelle phrase qu'elle aurait pu prononcer. Son regard, elle me le balançait au visage et il s'accrochait à moi, sans faillir.

Son regard, si difficile à soutenir, était un cri qui poignarde en silence et qui ne disait qu'une seule chose : « Aide-moi. Soulage mes souffrances », avec une pointe de reproche, « On en avait parlé. Tu étais d'accord ».

Mamie ne parlait pas, mais je pouvais l'entendre.

Je savais de quoi il était question.

Je n'étais pas d'accord.

À l'aube de ses soixante-dix ans, elle avait voulu s'inscrire à l'Association *Le droit de mourir dans la dignité.* Un soir, dans cette même cuisine où elle discutait à présent avec Raphaël, elle m'avait expliqué, le plus calmement du monde, qu'elle ne souhaitait pas devenir un légume. Que c'était son droit. Elle voulait que je lui promette de lui épargner une fin indigne. « Tu es la seule à qui je peux demander ça, tu le sais », avait-elle décrété avant d'ajouter « Avec ce que tu as dans ta boîte à pharmacie, tu sauras quoi faire le moment venu ».

Elle voulait que je promette.

Je n'ai pas promis.

Pas par peur d'enfreindre la loi. L'aspect légal m'était bien égal, mais parce qu'elle était immortelle. Je n'ai jamais pu envisager la vie sans elle.

Mamie, tu ne mourras jamais.

D'ailleurs, tu es là, dans cette maison où j'ai caché mon déguisement de princesse quand tu ne voulais plus que je le porte parce qu'il était trop petit. Il est au grenier, dans un vieux panier, avec les chaussons de danse de Tata Mélanie, que tu m'interdisais aussi d'enfiler. Parce que des chaussons de danse, c'est sacré. Si tu savais les histoires que j'ai inventées en chaussant ses pointes. Je brillais à l'Opéra Garnier, au Bolchoï, à Broadway. Ma carrière de danseuse a été époustouflante. Quoi, tu le savais ? Que j'avais caché mon trésor au grenier ? On pourrait aller le chercher alors. Parce que j'y ai laissé aussi tous mes fantasmes d'enfant. Et cela me ferait du bien de les retrouver.

Je vais entrer dans la maison. Les surprendre. Me joindre aux retrouvailles. J'espère que Mamie n'a pas fait trop cuire le cramique. Je sens une odeur de brûlé. Elle ne doit pas la sentir. Elle a perdu l'odorat, les prémices d'Alzheimer. Et ses derniers essais culinaires étaient peu concluants. Trop distraite.

La porte principale n'est pas verrouillée. Je me faufile à l'intérieur et reste là, quelques minutes, derrière le sas de la cuisine, n'osant pas bouger. J'aimerais saisir la conversation mais je n'en perçois que des bribes. Rien qui fasse sens.

Je me décide enfin à pousser la porte. Mamie est debout, radieuse. Je m'approche d'elle pour la prendre dans mes bras. Je suis émue par ce corps si frêle. Je vais l'étreindre pour sentir battre son pouls. Il ne faudra pas la serrer trop fort, ses os pourraient se casser. Elle est si fragile. Ma mamie de porcelaine.

Quand elle me voit enfin, son visage se métamorphose et dégage une colère indescriptible qui manque de me faire défaillir. Ses yeux bleu lagon deviennent noirs, aussi déchaînés qu'une tempête soudaine. Je peux y lire la fureur, une expression que je ne lui connais pas.

Certaines réactions s'anticipent, d'autres vous plaquent à terre. Celle de Mamie me met au supplice. Sa rage vole en éclats et s'abat sur moi comme des fléchettes tirées en plein cœur.

— Qu'est-ce que tu fais là ? Tu n'as rien à faire ici. Retourne d'où tu viens.

— Mais Mamie enfin, c'est moi, Lisa.

— Va-t'en. Tu as compris ? Je ne veux pas de toi ici. Va-t'en.

Sidérée. Blessée. Effrayée. Abasourdie. Anéantie.

Triste. Infiniment triste.

Alzheimer peut modifier la personnalité, altérer au plus profond d'eux-mêmes les sujets qui en sont atteints jusqu'à les rendre agressifs et méchants. Je dis « sujets », j'emploie ce terme clinique impersonnel, parce que ma grand-mère n'aurait jamais été cruelle. Elle n'en était pas capable. Ce n'est pas ma grand-mère qui hurle ainsi et me chasse. C'est ma grand-mère malade. Ou la maladie de ma grand-mère. Ou l'ombre de ma grand-mère. Mais ce n'est pas ma grand-mère.

À présent, elle me pousse à l'extérieur de la maison de toutes ses forces. Ses mains émaciées, parcourues d'épaisses veines bleues et rouges, appuient sur mon torse et m'obligent à reculer. Je suis étonnée par la puissance de son geste. Je ne peux y opposer aucune résistance. J'implore Raphaël. Je l'appelle à l'aide.

Au secours, Raphaël ! Qu'est-ce qui se passe ? J'ai mal.

Il a compris mon désarroi. Il attrape son blouson et accompagne ma sortie. Il claque la porte derrière nous avant de la rouvrir. En passant une tête à l'intérieur, il salue Mamie.

— Mamie, ne vous inquiétez pas. Je m'en occupe. Mais faites attention au four. Je crois bien que la brioche au sucre est en train de brûler.

Km 865 – Le Muy

Je ne sais plus où je vais. J'ai repris la route, sans direction. Je suis un automate au volant. J'essaie de rassembler mes idées, de trouver une explication à la brutalité de ce qui vient de se passer. Impossible. Le vide sidéral. J'interroge Raphaël, qui s'embourbe dans des réponses qui n'en sont pas et ne cesse de répéter :

— Il faut que tu rentres chez toi, Lisa. Tout te pousse à rentrer. Ce voyage a assez duré. Il va te faire du mal.

— Pourquoi m'a-t-elle jetée dehors ? Pourquoi ?

— Ce n'est plus la grand-mère que tu as connue.

Je hurle à m'en rendre aphone.

— Mais putain, j'ai pas rêvé, tu parlais bien avec elle juste avant que j'arrive. Vous aviez même l'air d'avoir plein de choses à vous dire. Tu m'expliques ? Pourquoi elle te parle à toi, et moi, elle me jette dehors ? Que t'a-t-elle raconté ?

— Ne crie pas, Lisa. Ça ne sert à rien. Sois plus indulgente avec toi-même. Laisse le temps faire son œuvre.

À l'amertume abyssale succèdent les sanglots et le désarroi. Je me suis perdue en chemin. Perdue en moi-même.

— Elle t'a reconnu toi et pas moi, c'est ça ? Hein, c'est ça ?

Raphaël a raison, ce voyage me fait souffrir. Tous ceux que j'aime me rejettent. Lui, Mamie, alors que Pablo m'attend. Maman aussi m'attend. Maman, qui aura du mal à me prendre dans ses bras quand je rentrerai parce qu'elle ne sait pas faire, mais qui saura me témoigner autrement son amour. Maman, qui m'aura acheté une petite crème pour le contour des yeux. Maman, qui demandera si mon frigo est plein. Maman, qui viendra à la maison avec des fleurs et du champagne. Maman, qui se réjouira de partir quelques jours avec moi en vacances pendant que Papa et Pablo travaillent. Maman, qui m'aime comme ça, et avec qui je suis en paix. Est-ce qu'elle sait que, moi aussi, je l'aime ? J'espère que oui. Il faudra que je le lui dise à mon retour. Absolument.

Je me refais le film. Raphaël, si peu communicatif pendant notre périple, fuyant tout contact, refusant l'échange. Raphaël, proche et lointain. Raphaël, soudain, avenant et gai. Et loquace avec Mamie. Qu'est-ce qui cloche ? Combien de fois vais-je ressasser cette question ? Les racines de ce chaos sont insondables. Je me sens exilée sur mes propres terres.

Alors je m'arrête au milieu d'une intersection.

À la croisée de trois routes, similaires en apparence. Que rien en particulier ne différencie.

Raphaël insiste pour que je redémarre. C'est dangereux de rester au milieu d'un carrefour.

Je ne bouge pas. Je n'obéis pas. J'ai besoin de savoir où je vais. Je ne bougerai pas avant.

Les secondes, les minutes passent. J'ai l'impression de les avoir déjà vécues sans savoir dans quel ordre. Est-ce que je vis ce que j'ai rêvé ? Est-ce que je rêve ce que j'ai vécu ? Est-ce que je vis en rêvant ? Cette dernière hypothèse n'est pas à exclure, et elle me contrarie car elle m'expose à la folie.

La folie, la plus grande angoisse de ma vie. Toujours eu peur de flirter avec cette frontière invisible, qui un jour lève sa barrière, et vous fait basculer de l'autre côté. Il suffit d'un grain de sable, d'un frémissement inhabituel pour sombrer. Il paraît que les fous ne se posent pas la question de savoir s'ils le sont ou pas. Ça devrait me rassurer, me dit mon psy. Ça ne me rassure pas.

Indécise, je ne sais quelle destination choisir. L'avenir, le passé ou l'inconnu ? Où me conduira l'asphalte de la nationale 7 ?

J'interroge Raphaël :

— À ton avis, je prends laquelle ?

— Je te l'ai dit, le mieux est de faire demi-tour.

— Je vais rentrer. Je te le promets, mais pas avant d'avoir vu la mer.

J'appuie sur l'accélérateur, allume la radio et me laisse bercer par la musique.

La musique, voilà ce qui reste quand tout a disparu.

À quand ?
Le frisson des premiers plongeons
L'insouciance et l'abandon
À quand la lenteur du dimanche ?
[...]

Km 930

Demain
Si tu y tiens
Contre vents et tempêtes
Nous partirons à la conquête
Des émotions perdues
Sans s'avouer vaincus
Nous défierons le temps
Ne serait-ce qu'un instant

Km 899 – Calanque du Petit Caneiret

La Route Bleue.

La route qui mène au bleu infini de la Méditerranée.

Au bleu infini du ciel.

La nationale 7 porte en elle cette promesse. Filer vers la mer, la clarté, l'horizon azur et les vacances, après un long trajet de mille kilomètres, trait d'union entre le nord et le sud de la France.

Avant de quitter Paris, j'avais repéré sur la carte le petit coin de paradis, loin des sentiers battus, que nous avions trouvés, par hasard, lors de notre premier séjour. Mon voyage, cette fois, s'arrêtera là.

Raphaël semble aussi ému que moi. Je ne sais pas ce qui le touche le plus. Ce paysage à couper le souffle ou l'imminence de notre séparation. La dernière.

La perspective a changé. Durant toute cette aventure, j'ai caressé l'espoir fou de tout recommencer, de suivre Raphaël où qu'il aille, même s'il fallait pour cela m'accrocher à ses pieds. Mais à présent, être à ses côtés ne va plus de soi. J'ai attendu quelque chose qui ne viendra plus.

L'urgence est de lui dire au revoir. Pour rentrer chez moi.

Ma maison, c'est Pablo.

Cette évidence s'impose dans une fulgurance désarmante.

Mon avenir, c'est Pablo et cet enfant que nous ne ferons pas ensemble mais que nous élèverons peut-être. Qui sait ? Comme chantait Nougaro :

Il faut tourner la page
Changer de paysage
Le pied sur une berge
Vierge

Il faut tourner la page
Toucher l'autre rivage
Littoral inconnu
Nu

Ce n'est pas une capitulation ni un renoncement. Juste un état de fait, comme un et un font deux. Il fallait reprendre la route, parcourir une nouvelle fois cette nationale mythique, franchir les obstacles, livrer bataille, pour mettre de l'ordre et clarifier ma pensée.

Ma vie n'est plus avec Raphaël. Malgré l'amour que j'ai pour lui. Immense, incomparable. L'amour de ma jeunesse. Idéalisé, sans doute aussi.

Ma vie, ma maison, c'est Pablo. Après avoir revu la crique secrète, j'irai le retrouver. Lui, Pablo.

Nous longeons la corniche d'Or et ses paysages irréels, dignes d'un décor du far west. Le massif montagneux de l'Estérel contraste avec le bleu profond de la mer et le vert éclatant de la végétation. Les plus belles criques de la Côte d'Azur sont là, en contrebas de la forêt domaniale, une zone protégée. J'aperçois nos escaliers d'autrefois. Je suis un peu déçue de voir qu'ils sont empruntés par de nombreux vacanciers, paniers à la main. Après m'être garée sur le bas-côté, je les interroge. La soirée s'annonce animée et joyeuse. C'est la nuit des Étoiles. Un pique-nique géant s'organise. Le meilleur pour la fin.

Le soleil a déjà été englouti par les eaux cristallines de la calanque du Petit Caneiret. Le spectacle se mérite. Il faut descendre une centaine de marches pour rejoindre la plage. La lumière décline. Les roches volcaniques s'enflamment.

Un petit groupe s'est formé autour d'un jeune homme qui joue de la guitare. Il est beau avec ses boucles dorées qui descendent le long de sa nuque. Le torse nu et hâlé. Une candeur dans le visage. Mais le diable dans la peau quand il ondule des hanches en faisant raisonner ses accords. Mi-ange, mi-démon. Les femmes autour de lui minaudent dans le crépitement du feu de camp et rougissent lorsqu'il accroche leur regard. Je dois bien reconnaître qu'il m'électrise aussi. Ou peut-être est-ce la musique de Bowie et ses vibrations qui parcourent le corps et l'érotisent dès les premières notes.

Je ne suis pas pressée de me mêler au groupe. Raphaël, également, reste à l'écart mais il joint sa voix à celle des autres et chante sans s'économiser. Mon Dieu qu'il chante faux ! Je ne vais pas le lui faire remarquer. Ça l'a toujours vexé. Jamais découragé. Pourvu d'ailleurs qu'il ne s'arrête pas, qu'il continue de chanter à m'en écorcher les oreilles. J'aime l'écouter chanter.

Tout le répertoire de Bowie y passe. Je connais les paroles de chaque chanson, mais, pour la première fois, elles prennent tout leur sens. Bowie ne cesse de nous harponner, de nous déstabiliser avec ses mots et ses histoires prophétiques. Quand il écrit « *So I turned myself to face me* », il insinue qu'on peut regarder sa vie comme une mise en scène qui nous est étrangère. Exactement ce qui m'arrive ces derniers temps. J'erre à la surface de ma vie sans réussir à l'intégrer vraiment. J'ai perdu prise.

J'écoute David Bowie. Il s'est emparé de la guitare du jeune chanteur mi-ange, mi-démon. Il est juste en face de moi. Il chante pour moi.

David Bowie chante pour moi. Il faudra que je m'en vante en rentrant. Si je ne me perds pas en route. Car les paroles de Bowie m'ouvrent les portes du néant. Sur cette plage, je ressens l'appel des abysses lancé dans *Five Years*.

Longtemps, j'ai cru que ce titre était une ode à notre enfance, à nos cinq ans. Je sais maintenant qu'il annonce la fin du monde et les cinq années qu'il reste aux hommes pour verser leurs dernières larmes.

Les larmes, les miennes, coulent quand résonne dans ce paysage sidérant de beauté *Space Oddity*, la dérive spatiale de Major Tom, seul, prisonnier dans sa capsule. Un aller sans retour. Prise de vertige, je me revois dans cette église de Saint-Germain-des-Prés, un funeste matin d'hiver. Je n'avais pas réécouté cette chanson depuis.

Ce soir, il faudrait ne pas se souvenir. Mais les réverbérations dans la musique de Bowie accentuent le drame de chaque histoire. Et réveillent le mien. Mon drame.

Raphaël s'est arrêté de chanter. Lui aussi veut oublier. Il s'assied à mes côtés et me prend la main. Nous interrogeons l'horizon. Bientôt, il fera noir.

David Bowie traverse la nuit tel un météore. Et là-haut, pas un nuage pour perturber la Voie lactée. J'aime l'idée d'être au milieu de tous ces gens qui sondent l'immensité. Diriger notre attention, ensemble, au même moment, adresser nos vœux au ciel en communion avec la musique donnent de l'intensité à cette grand-messe du mois d'août. Comme autant de prières envoyées dans une même direction, quel que soit l'endroit où nous nous trouvons. Des milliers de visages, le nez en l'air. Une parfaite harmonie, quelques instants seulement.

Sur notre plage, deux groupes se sont formés. Le premier, celui des cartésiens qui analysent, avant même d'avoir observé, le phénomène auquel nous allons assister. Un nuage de poussières et de débris, créé par la comète Swift-Tuttle, qui se consument et illuminent notre soirée… Je fuis, préférant, de loin, me joindre au second groupe. Celui des contemplatifs qui relaient les songes tissés à l'aube des temps par nos ancêtres. Les Grecs, notamment, avaient une explication très poétique au miracle des étoiles filantes. Ils croyaient qu'un dieu de l'Olympe soulevait la voûte céleste pour épier ce qui se passait sur terre, du côté des mortels, et faisait ainsi tomber des étoiles du ciel.

Une étoile filante était le signe qu'un dieu était à l'écoute, et les Grecs en profitaient pour formuler un vœu.

J'aimerais qu'un dieu m'entende.

Je ne suis pas certaine qu'un dieu m'entende.

Ce dont je suis persuadée, c'est que l'amour brille d'une bien belle manière dans cette petite crique. Raphaël n'a toujours pas lâché ma main. Il me suit où que j'aille. Étrange volte-face.

Une autre chose dont je suis convaincue, c'est que, dans cette urgence à formuler nos vœux, dans ce passage éclair de la poussière de comètes dans notre firmament, nous sondons nos aspirations profondes. Nous nous concentrons sur ce que nous voulons vraiment. Nous convoquons ce qui semble le plus important dans nos vies. Dans ce temps très court, presque instinctif, nous n'avons pas l'occasion de réfléchir. Notre âme se révèle. Toute la magie de la nuit des Étoiles est là. Elle nous ouvre les portes de l'âme.

Moi, je voudrais comprendre.

— Pourquoi tu es ici, avec moi ? Tu es parti il y a si longtemps. Tu ne devrais pas être ici.

Raphaël prend son temps pour me répondre. Je guette le moment de vérité. Sous ces cieux flamboyants, il n'y a pas de place pour les faux-semblants.

— Je m'en veux. C'est pour ça que je n'arrive pas à partir définitivement. J'aimerais que tu me pardonnes d'avoir été égoïste.

— Égoïste ? Tu en as des défauts, ça oui. Ça pourrait me prendre une bonne heure de les énumérer. Mais l'égoïsme ne fait pas partie de ta panoplie. Tu es un homme généreux. Qu'est-ce que tu racontes ?

— Lisa, la chose la plus merveilleuse que j'ai expérimentée, c'est d'essayer d'être l'homme que j'ai vu si souvent dans tes yeux. Approcher cet homme-là, quelquefois, a été mon plus grand bonheur. Mais je n'ai pas été à la hauteur.

Je voudrais poursuivre cette conversation, aller plus loin. Raphaël veut me dire quelque chose d'essentiel, mais la clameur de la plage emporte son récit. Une pluie d'étoiles parcourt le ciel de notre dernière soirée. David Bowie s'est arrêté de chanter. Des cris d'enthousiasme ponctuent chaque zébrure lumineuse.

Raphaël m'entraîne courir sur le sable.

— Tu as fait un vœu j'espère ? me lance-t-il, essoufflé.

— Oui, qu'on se retrouve sur cette même plage. Dans quoi ? Dix ans ?

— Ah non, pas avant quarante ans !

Nos rires éclatent en simultané. Réminiscence d'une époque sacrée où la joie exclusive d'être ensemble effaçait le moindre tourment.

Raphaël suspend notre course et reprend, plus sérieux.

— Tu vas rentrer, n'est-ce pas ? Tu as promis.

— Oui.

Ses yeux brillent plus que le reflet de la lune dans les vagues. Il s'approche de moi, pose sa main sur mon visage, caresse ma nuque. Durant tout notre voyage, j'ai espéré un baiser qui n'est jamais venu. J'y avais renoncé. À présent, nos paupières se ferment. Nos lèvres se cherchent. Se trouvent. Se mélangent.

Ce baiser volé est à la fois sublime et désespéré.

C'est un baiser pour l'éternité.

Un baiser d'adieu.

Km 930 – Villeneuve-Loubet

Mes cheveux au vent, le soleil sur mes tempes, les odeurs de l'été qui embaumaient la route côtière m'hypnotisaient. Je laissai mes pensées vagabonder le long des golfes clairs sans essayer de les retenir. Je luttai pour rester concentrée sur ces derniers kilomètres avant la baie des Anges, sur ce volant rigide qui réclamait une certaine autorité dans la conduite, surtout en position décapotée. Dans les lignes droites, je ne contrôlais pas ma vitesse, dépassant souvent, de beaucoup, les limites autorisées. J'étais grisée par ces échappées belles, par ces pointes à vive allure. Un peu saoule aussi de tous ces kilomètres avalés en si peu de temps. Et hantée par la poésie de Milton. Avant de reprendre la route, j'avais enfin ouvert le livre ancien que m'avait offert le brocanteur. L'évocation de saint Raphaël dans son paradis perdu m'accompagnait.

« *Couché en position de vol, il se déplace à toute vitesse à travers la vastitude du ciel éthéré. Il vole à tire-d'aile d'un monde à l'autre avec ses ailes étendues ; tantôt on l'aperçoit dans les vents polaires, tantôt d'un coup d'ailes il file en sifflant jusque dans l'air moite.* »

J'éprouvais, pour la première fois depuis le début du voyage, une forme de quiétude. Je la laissais me gagner lorsque mon téléphone sonna. Intrusion désagréable qui venait perturber cette tranquillité à laquelle je commençais tout juste à goûter.

Mon sac avait glissé sous le siège passager, emporté par la vitesse. Il fallait que je me contorsionne pour tenter d'attraper mon portable à l'intérieur. Mais le sac était trop loin pour que je l'atteigne sans un effort supplémentaire.

Je lâchai le volant.

Une seconde à peine.

Une seconde de trop.

La seconde qui change le cours des choses irrémédiablement.

En me redressant, la Spider avait amorcé une dangereuse trajectoire vers la droite. Je n'avais pas eu d'autre réflexe que de virer brutalement à gauche pour tenter de redresser sa course, mais elle était hors de contrôle, enchaînant, à présent, des zigzags de plus en plus larges.

Quelle idiote, combien de fois m'avait-on mise en garde sur les dangers des appels au volant ? Combien de fois m'avait-on reproché d'être trop distraite ?

Je repensai à une considération dont m'avait souvent fait part mon père : « Ma fille, il faut toute une vie pour réussir son existence, mais il peut suffire d'une minute pour tout foutre en l'air. N'oublie jamais ça. »

J'ai oublié, Papa, pardon, j'aurais dû t'écouter. Je ne sais même pas s'il me reste une minute.

En combien de temps la Spider passe-t-elle de cent à zéro kilomètres-heure ? Voilà, ça, on ne le dit jamais. Dommage, ce serait utile de le savoir dans un moment comme celui-là.

Je n'avais plus d'autre choix que d'être debout, les deux pieds sur le frein pour tenter de maîtriser la bête. Mais la bête était devenue ce fauve indomptable. Les pneus se mirent à crisser, une odeur de gomme brûlée et de bitume me parvint dans un nuage de poussière. Et déjà j'embrassais le décor.

Sortie de route.

Un tonneau, puis deux, puis trois...

Heureusement, j'ai mis ma ceinture.

Ça s'arrête quand ?

J'ai peur que ma tête se fracasse contre le sol.

Envie de vomir.

J'ai toujours détesté le grand huit.

Papa, je crois que c'est la minute où je fous tout en l'air.

Papa, dis-moi ce que je dois faire ?

Papa. Pourquoi tu ne me réponds pas ?

(...)

Je ne veux pas mourir.

Je vais mourir.

Tais-toi, sale conne. Tu vas te porter la poisse. La pensée est créatrice.

Je ne veux pas mourir.

Pas comme ça.

Pas déjà.

Pas maintenant.

Enfin. L'Alfa Romeo avait cessé son embardée sauvage. Elle devait être toute cabossée. Un si beau modèle. M. Maurice n'allait pas être content.

Le sol ne bougeait pas. La voiture non plus. Mais je continuais à tourner dans un vertige que je ne parvenais pas à maîtriser. Mes oreilles sifflaient, des bruits sourds s'entremêlaient. Des voix peut-être, des cris aussi. Et la rumeur du chassé-croisé des voitures au ralenti comme dans un film. La nausée accentuait mon malaise. J'étais écœurée par l'odeur du bitume. Il ne faisait pourtant pas si chaud.

Le vent caressait ma nuque, ma tête était lourde, posée sur le volant en acajou. Dans cette tourmente, je percevais la dureté du bois sur ma joue. Je savais que je devais me ressaisir, me redresser, mais c'était au-dessus de mes forces. J'étais fatiguée tout à coup.

Je pensais à mon psychiatre, à ces heures entières passées dans son bureau à répéter de quelle manière dompter mes attaques de panique. Passer en revue chaque muscle...

Sauf que là, ce n'était pas une attaque de panique.

Ma tête épousait l'espace à l'intérieur du volant, ma tempe droite était proche du klaxon – tiens d'ailleurs est-ce que je ne l'avais pas activé par mégarde, j'entendais comme une sirène... ? Un halo lumineux me faisait voir la Route Bleue... Un gyrophare... Les pompiers, bien sûr. Quelqu'un avait dû appeler les pompiers.

Il aurait fallu que je me lève. Pour dire à tous ces gens, que je devinais autour de moi, que tout allait bien. Que j'allais bien. Même si je ne sentais plus mes pieds.

La sirène me déchirait les tympans. Un tel vacarme me parut insupportable alors que je n'aspirais qu'à m'assoupir un instant. Elle cessa de hurler. Répit de courte durée. À présent, les pompiers s'époumonaient. Je ne percevais pas l'utilité de ces cris et de cet empressement à me faire sortir de la Spider ? Qu'on me laisse un peu de temps. Merde ! La voiture n'allait pas exploser malgré la fumée qui s'en dégageait et qui m'arrivait aux narines. Il n'y a que dans les films que les voitures explosent.

J'aurais voulu leur expliquer, mais j'étais incapable d'articuler. Ma bouche était scellée. Certes, j'avais eu un moment d'égarement au volant. Ma belle Alfa était sans doute très amochée, mais on n'allait pas en faire tout un plat.

Pourquoi mes lèvres ne bougeaient-elles pas ? Et ma gorge, tellement serrée.

« Doucement. Faites attention. Attention à ses cervicales. » Je ne savais pas qui était en train de parler, mais ce jeune homme avait raison. Avec deux hernies discales, mes cervicales étaient à manier avec précaution.

Allongée sur une planche d'une froideur à réveiller un mort, je fus tout à coup prise d'une douleur d'une violence inouïe. Un bataillon entier avait piétiné mon corps. Un bataillon déterminé et sans pitié. En résultait une lourdeur dans tous mes membres. Pas un ne semblait épargné.

Ma tension commençait à dégringoler. Je connaissais cet inconfort. Je l'avais apprivoisé, il ne fallait pas que je m'inquiète.

— Son pouls est en train de chuter, on va la perdre. Elle est dans la zone critique.

Quelle zone critique ? C'était donc si grave ? Je peinais à comprendre que cela m'arrivait à moi. Ça n'arrive qu'aux autres, n'est-ce pas ? Et pourtant, je me voyais disparaître, happée par des sables mouvants. Impossible de lutter. Je n'en avais pas la force. Pas la volonté non plus. La souffrance était trop grande. Qu'elle s'évanouisse avec moi.

— Massage cardiaque. Maintenant ! Stéphane, elle s'enfonce. Ne la laisse pas partir.

Ma poitrine était prise en étau. Un poids empêchait ma cage thoracique de se déployer. Quelqu'un, Stéphane donc si je suivais bien la chronologie des événements, appuyait de toutes ses forces sur mon thorax, à m'en briser les côtes.

— Madame, restez avec nous ! Restez avec nous ! Madame, vous m'entendez ? S'il vous plaît, restez avec nous.

Une, deux, trois, quatre… Douze.

Stéphane avait prononcé douze fois la phrase : « Restez avec nous. »

Cher Stéphane, je ne suis pas sourde. J'ai entendu. Mon cœur ne peut pas lâcher comme ça. Mon cœur a tant de choses à dire encore. Des « Je t'aime » à expulser. Des chagrins à encaisser. Des bonheurs à exprimer. L'amour rend moins vulnérable à la douleur. Tu le sais ça, Stéphane ? Je me permets de te le dire parce que dans mon cœur il y a beaucoup d'amour et toi, tu es en train de l'écraser. Tu me fais penser à Marc C, un catcheur qu'on appelle « la Grande Faucheuse » lorsqu'il se jette dans le vide pour écraser John K. As-tu vu ce match ? Moi, je l'ai vu au Relais 500, en compagnie d'un routier. Je te tutoie. En pareilles circonstances, tu ne m'en voudras pas. Stéphane, tu le sens, tout cet amour sous tes mains ? Il est tellement vibrant que déjà, j'ai moins mal. Stéphane, tu ne m'écoutes pas, tu es très agité.

— Arrêt cardiaque. On la perd. J'ai plus de pouls. Putain, j'ai plus de pouls ! Les gars, aidez-moi, je vous en supplie.

Raphaël, Raphaël... Où est Raphaël ?

Ma voix se déploie, expulse un mot, des mots, une phrase. J'ai cru que je n'y arriverais pas.

Je respire à m'en déchirer l'abdomen, après une apnée qui m'a semblé durer une éternité. J'ai d'abord senti mon cœur battre à tout rompre, menaçant d'exploser dans ma poitrine. Emmurée en moi-même, ne parvenant plus à parler. Sensation de perte, d'impuissance. Il m'a fallu un effort colossal, surhumain, pour m'asseoir d'un bond, dans un réflexe primitif et reprendre mon souffle. Parvenir à hurler.

— Raphaaaaaëëël.

Où suis-je ? Que s'est-il passé ? Qui sont ces gens ? Qui est cet homme penché sur moi ? Je lis de la terreur dans ses yeux. Cet homme a peur. Il est aussi essoufflé que moi. Il me demande de rester calme, de m'allonger. J'essaie de remonter le fil du temps. J'implore ma mémoire. Je supplie. Je prie. Me parviennent des images qui défilent et s'entremêlent dans un brouillard épais.

— Madame, restez tranquille, vous avez eu un accident.

— Où est Raphaël ? Où est-il ? Je ne le vois pas.

Mon bolide n'est plus qu'un amas de tôle froissée. Je me souviens de ma sortie de route. Ensuite, tout est flou. Opaque même. J'essaie de trouver autour de moi des indices, des détails qui ont une résonance. Je cherche, je convoque de toutes mes forces. Certaines émotions s'allument puis s'éteignent dans un désordre effrayant. Mon cœur bat toujours aussi vite. Comment pourrait-il en être autrement avec un tel volcan à l'intérieur ?

Le jeune homme aux yeux plein de terreur m'est familier. Enchantée, Stéphane. C'est étrange, je connais son prénom. Il a un stéthoscope dans les oreilles et le déplace sur mon torse avec méticulosité. Il cache mal son inquiétude et son incrédulité.

— Qui est Raphaël ? me demande-t-il.

— Mon compagnon. L'homme qui était avec moi dans la voiture.

Pourquoi met-il du temps à me répondre ? Ce n'est pas bon signe. Est-ce que Raphaël a été éjecté ? Est-ce qu'il est blessé ? Mort ?

Rester calme surtout. Ne pas céder à la panique. Le pire n'est jamais sûr. Il finit par lâcher son stéthoscope et campe ses yeux dans les miens.

— Madame, vous étiez seule dans la voiture.

La fermeté et la douceur se succèdent dans son regard. Il cherche à amortir un choc. Quel choc ? Il ne me croit pas.

— Vous pensez que je suis folle ?

— Pas du tout. C'est normal d'être confuse après une telle épreuve. L'accident a été très violent. On vous a même perdue pendant près de trois minutes. C'est pour ça que vous devez rester tranquille, vous allonger. On attend l'hélicoptère qui va vous transférer au grand hôpital de Nice, où on vous fera subir un check-up complet.

Il aurait pu m'annoncer que des extraterrestres avec des culottes à pois allaient venir me chercher en soucoupe volante, je n'aurais pas relevé. Je suis restée bloquée sur cet aveu improbable : « On vous a perdue pendant près de trois minutes. »

— Perdue ?

— Oui, votre cœur s'est arrêté pendant deux minutes et cinquante secondes exactement. Juste après dix-neuf heures.

De battre mon cœur s'est arrêté. Joli titre de film. Ai-je bien entendu ?

Oui, l'information est parvenue à mon cerveau, distinctement, sans ambiguïté quant à son sens, avec toute la violence qu'elle comporte.

— Vous voulez dire que je suis morte… Je suis morte ?

En prononçant cette phrase, je me surprends à glousser nerveusement. Qui peut se vanter, dans sa vie, de pouvoir articuler, « Je suis morte » ? Je n'avais jamais envisagé qu'il était possible d'asséner une telle contrevérité. Il y a une impossibilité entre « être » et « morte ». Une antinomie. Mais, moi, à présent, je peux le dire. Dans les dîners en ville, ce sera du meilleur effet de balancer, l'air de rien : « Je suis morte. » Pendant deux minutes et cinquante secondes seulement, mais « morte » tout de même. Ça plaira beaucoup à Pablo, qui a un sens inné de la formule.

Pablo a surgi dans mes pensées comme un éclair dans la nuit. Figure réparatrice et apaisante. Que je confronte immédiatement à l'image de Raphaël. Ils sont les deux personnages principaux d'un puzzle dont toutes les pièces sont éparpillées. Je ne sais plus dans quel ordre les assembler. Je ne sais pas ce qui m'arrive.

— Vous avez fait un arrêt cardiaque.

Stéphane fait à présent claquer ses doigts devant mes yeux.

— Madame, vous êtes avec moi ?

— Oui, oui pardon. Je suis là, mais vous avez raison. C'est confus.

J'encaisse, je digère. Mon esprit est embué. Je nage dans une brume épaisse qui joue avec les formes, métamorphose les arbres et les gens devant moi, dissimule le décor pour révéler un nouveau monde. Je dois me délester de toute cette brume. M'accrocher à ce qui est parfaitement perceptible. Comme la voix de Stéphane.

— Je m'excuse si j'ai été un peu brutal. J'ai eu peur de ne pas réussir à vous faire revenir.

— Est-ce que vous pourriez aller chercher, s'il vous plaît, les photos qui se trouvent dans la boîte à gants du siège passager ?

— Je n'ai pas le droit. Je dois rester à vos côtés jusqu'à l'arrivée de l'équipe médicale.

— Demandez à l'un de vos camarades. S'il vous plaît. Je voudrais vous montrer Raphaël, qui était avec moi dans la voiture.

Stéphane semble aussi désemparé que moi. Et intrigué. Il demande à l'un de ses collègues d'inspecter la boîte à gants et de nous en apporter le contenu.

Brume
Brouillard
Agitation

Peur
Ébranlement
Chute
Épouvante
Affolement
Tremblement
Désarroi
Détresse…

Rien ne rime. Tout s'accumule.

La détresse cardiaque, la détresse respiratoire ne sont rien au regard de la détresse émotionnelle. Qui inéluctablement m'engloutit dans un tel tourbillon d'effroi et de torpeur que mon rythme cardiaque et mon souffle s'emballent à nouveau, incontrôlables. J'ai la nausée. Tout se bouscule trop vite dans ma tête. Après le grand huit, la tour de la terreur.

Stéphane, jusque-là si doux, hausse le ton. Il place sur ma bouche un masque à oxygène. M'ordonne de m'allonger.

— Pouls à cent quatre-vingts. Il arrive quand l'hélico ?

Ne t'inquiète pas, Stéphane, mon rythme va redescendre, il faut juste que je me calme, que je comprenne l'incompréhensible. Que j'accepte l'inacceptable.

Je tourne et retourne les photos les unes après les autres, les bras tendus au-dessus de mon visage puisqu'il a fallu que je m'allonge.

Tout est là, à l'identique. La petite chapelle. La bulle dans les arbres. La tour des Fiefs. La tombe d'Allan Kardec. La plage du Caneiret.

Moi, l'hirondelle.

Tout est là.

Sauf Raphaël.

Il n'apparaît sur aucune photo. Grand absent dans ce paysage fidèle à chacune de mes étapes. Volatilisé. Évaporé. Porté disparu.

Mon grand amour a disparu.

Je murmure :

— Rendez-moi Raphaël, rendez-moi Raphaël.

Ma voix est une supplique. Qui n'atteint que moi. Elle s'éteint à l'intérieur du masque à oxygène.

— S'il vous plaît, rendez-moi Raphaël.

Stéphane n'a pas entendu, il voudrait que je répète mais mes larmes me submergent. Dans la tempête, elles me procurent un soulagement. Je lâche prise. Je n'ai pas d'autre choix.

Stéphane est troublé. Il traverse mon chagrin, je peux le sentir. Ce jeune homme va devoir s'endurcir. S'il continue à éponger les tourments de tous ceux qu'il secourt, il va faire une dépression. Je voudrais le lui dire. Lui parler aussi de ma sidération, du mirage sur les Polaroid, mais que pourrait-il saisir de tout cela, quand moi, je ne parviens pas à recoller les morceaux ? Je laisse tomber, un à un, les clichés, qui s'éparpillent dans l'herbe au pied de la civière. Stéphane se baisse pour les ramasser. Je l'en empêche en le retenant par le bras.

Que le néant retourne au néant.

L'hélicoptère de la Sécurité civile épouse le ciel sans nuages de la Côte d'Azur. À mesure qu'il prend de la hauteur, mes pensées s'éclaircissent. La chronologie des événements s'impose à moi, doucement. Par flashs, par évocations. Je les laisse me submerger. Reprendre le cours de mon histoire. Je pense à ces vers de Baudelaire : « Le ciel est triste et beau comme un grand reposoir. » Je ferme les yeux pour mieux revivre ce qui a suivi l'accident.

D'abord la peur panique de Stéphane lorsqu'il hurle : « Je n'ai plus de pouls. Putain, je n'ai plus de pouls ! »

Puis, ces deux minutes cinquante d'éternité durant lesquelles mon cœur a cessé de battre.

Peu à peu mon corps se libère de ses tensions. Je flotte sur un voile de coton qui m'englobe de douceur. Ma respiration s'apaise. L'appel du sommeil est irrésistible, émaillé de perceptions à la limite de l'hallucination. J'avais imaginé tomber dans un trou. Pas du tout. Au contraire, je vole.

J'ai l'impression de m'extraire de mon corps, d'entendre mon souffle, la pulsation de mon sang dans mes veines. Tel un spectateur au théâtre, j'observe à distance cette scène à la fois irréelle et tragique. Aussi étrange que cela puisse paraître, je suis à présent en apesanteur au-dessus de mon corps, étendu sur une civière, et j'assiste, impuissante, à une agonie. Mon agonie. Je suis blanche comme un linge. J'ai affreusement mauvaise mine.

Stéphane pleure. Il continue son massage. Il est jeune. Je suis heureuse de le voir enfin.

Ne pleure pas, Stéphane. Je suis bien. Merveilleusement bien même. Je t'assure, ce n'est pas grave. Sèche tes larmes, tu me fais de la peine.

Mais non, ce n'est pas ta faute. Qu'est-ce que tu racontes ? Tu as fait tout ce que tu as pu. Ah, c'est ton premier massage cardiaque ! Je suis désolée. Je ne suis pas la femme qu'il te fallait… Je ne sais pas si tu réalises que je lis dans toutes tes pensées. Je les entends. Je pourrais restituer chacune de tes perceptions. Et celles de tes camarades autour de toi.

Je suis moi et, en même temps, je suis l'autre, tous les autres. Je m'immisce dans les têtes, je cartographie les âmes, j'inspecte les consciences, je devine l'avenir.

Cette connaissance innée me désarçonne.

Mais je n'ai pas le temps de m'en émouvoir. Une lumière éclatante m'attire vers elle, plus haut encore. Je m'élève tel un mouchoir blanc, fluide et léger qui se serait évadé de sa boîte.

Je regarde encore une fois en direction de Stéphane. Je ne veux pas qu'il ait du chagrin. Ce garçon est bon.

Mon téléphone sonne. Il est à terre, posé dans l'herbe, à quelques mètres seulement d'un pompier qui le ramasse et décroche.

Qui est-ce ?

Maman… Oh, Maman, je t'aime. Je ne t'en veux pas, tu sais. Je t'ai fait beaucoup de reproches, mais je ne t'en ai jamais voulu. Tu as fait du mieux que tu as pu. M. le pompier, dites à ma mère que je l'aime.

Mais enfin, monsieur, pourquoi vous lui racontez que j'ai eu un très grave accident ? Vous allez l'inquiéter inutilement. Monsieur, vous ne pouvez pas expliquer à ma mère que je suis en train de faire un arrêt cardiaque. Vous voulez la tuer ? Reposez ce portable immédiatement. C'est très impoli de répondre comme ça sur mon téléphone… Elle arrive ? Comment ça, Maman arrive ? Elle prend le premier train pour Nice, où vous allez me transférer en hélicoptère. Un hélicoptère ? Vous n'en faites pas un peu trop ?

En bas, près de ma civière, règne une grande agitation qui contraste avec cette paix intérieure qui enfle en moi à mesure que je prends de l'altitude.

Je me dirige vers la lumière éblouissante. Soudain, une main aux doigts longs et délicats apparaît. Elle est tendue vers moi. Sans la moindre hésitation, je la saisis et je tire dessus pour savoir à qui elle appartient. Une épaule se découvre, puis un buste émerge. C'est Raphaël, oui c'est lui, jeune. Il a vingt-cinq ans tout au plus.

Il me sourit.

Je ne respire plus.

J'aimerais qu'il s'approche encore de moi, mais déjà il lâche ma main et disparaît.

Quelle sublime apparition. Je ne suis pas inquiète, il va revenir.

En attendant, je suis assaillie par les images du passé. Elles s'improvisent sans hiérarchie dans le temps ou dans l'intensité. Elles s'entrechoquent, se nourrissent les unes des autres jusqu'à former des scènes, des séquences, un film. Le film de ma vie. Celle que j'ai eue. Celles que j'aurais pu avoir. Les possibilités sont infinies. Je traverse mille vies.

Et je baigne dans un amour que je ne connais pas. Un amour paisible et universel. Les personnages illustres de mon panthéon personnel me rendent visite : Barbara, David Bowie, Boris Vian, Charles Baudelaire, Louis Aragon, Simone Veil… Winston Churchill. Je dois dire que je suis très surprise par la présence du Premier ministre britannique, car je ne lui ai jamais voué d'admiration particulière. Il fait un passage éclair pour me dire : « La grande leçon de la vie, c'est que parfois ce sont les fous qui ont raison. » Très bien, M. Churchill, merci pour cet éclairage. Y a-t-il dans vos propos un message subliminal ? Il est déjà parti.

Je retrouve Raphaël. Dans la cuisine de ma grand-mère cette fois. Ma mamie de porcelaine.

Mamie, pourquoi tu me repousses ? Je n'ai rien à faire là. Tu es sûre ? Je suis bien pourtant.

Raphaël est d'accord avec Mamie. Il ne veut pas que je m'enfonce davantage.

— Ne t'endors pas, Lisa. Parle-moi encore.

— Lisa, fais demi-tour.

— Je serai toujours là pour toi, même si pour moi, tu le sais, il n'y a pas de retour possible.

Je détourne un court instant mon attention de la lumière pour regarder en bas. Et déjà la plénitude m'abandonne. Autour de ma décapotable, tant de personnes s'agitent encore. À nouveau, leurs voix me parviennent : « Restez avec nous, restez avec nous. » J'aimerais ne pas les entendre. Je ne veux pas que tous ces gens s'interposent entre Raphaël et moi. Mais je dois rentrer.

Pablo m'attend.

Maman m'attend.

Stéphane ne s'en remettrait jamais.

Et j'ai encore une vie à vivre.

Km 962 – Hôpital Pasteur de Nice

Électrocardiogramme, analyse de sang, échographie, scanner, radio. Je n'ai jamais subi autant d'examens médicaux. Mon corps est passé au crible de la technologie. Vient ensuite le grand chassé-croisé des médecins qui se succèdent à mon chevet. Radiologue, cardiologue, orthopédiste, urgentiste.

Pas de fractures, pas de lésions, pas de traumatisme crânien.

Pas de séquelles cardiaques.

Quelques contusions tout au plus.

Le diagnostic est unanimement partagé. Je suis une miraculée.

« Miraculée »… Comme Bernadette Moriau à Lourdes ? Je pose la question au psychiatre de l'hôpital. Il ferme le bal des médecins et propose son aide. Une visite par jour parce qu'il est important de verbaliser après un traumatisme. J'accepte sans hésiter. Il a de la chance, j'adore les psychiatres. Le mien en particulier, mais celui-là fera l'affaire pendant ces quelques jours en observation.

Cher docteur, j'aimerais connaître la signification du terme « miraculée ». Parce que sur Google, j'ai trouvé deux définitions : « Personne qui a fait l'objet d'un miracle, d'une guérison miraculeuse » et « Personne qui a échappé à la mort, par chance inouïe, dans une catastrophe ». J'ai plusieurs remarques à formuler.

D'abord, le miracle et la chance sont deux concepts aux antipodes. Le miracle fait appel à l'intervention divine. La chance, aux théories mathématiques du hasard.

Ensuite la « catastrophe » est-elle inhérente au statut de « miraculée » ? Parce que moi, je ne vois aucune catastrophe à ce que j'ai vécu. J'ai fait un voyage merveilleux aux confins du réel, dans un espace parallèle connu de moi seule. La psychanalyse a-t-elle une explication sur le sujet ?

Et puis, quelle est la position du corps médical ? Est-ce que la science reconnaît l'existence de Dieu puisqu'elle me reconnaît, à moi, le statut de « miraculée » ?

Le doc' sourit. Il me trouve très en forme pour quelqu'un qui a mis un pied sur l'autre rive. Il a raison, j'ai quitté la brume.

— Est-ce que vous savez ce qu'est une EMI ?

Je déteste le jargon quel qu'il soit. Les médecins en particulier s'en délectent. Arrive toujours un moment où ils vous écrasent avec leurs termes savants. C'est rarement calculé. Juste un raccourci, une déformation professionnelle.

— Non, je ne sais pas ce que c'est, une EMI !

— Une « expérience de mort imminente ».

Oui, j'ai déjà vu un ou deux reportages à la télévision sur le sujet. Une EMI. C'est ce que j'ai vécu ? Si vous le dites, doc'. Et que sait-on au juste sur ces épisodes qui pourrait m'éclairer ?

— En l'état, la science a peu de certitudes. Elle ne sait pas ce qu'il se passe dans le subconscient des patients lorsqu'ils sont inanimés. Certains voyagent très loin. Après une EMI, il est fréquent de traverser une période d'amnésie, de désordre.

Je vous arrête tout de suite, doc', il reste, certes, quelques zones d'ombre dans ma parenthèse entre deux mondes, mais j'en reviens habitée de la certitude que l'amour ne meurt jamais. C'est d'ailleurs la seule chose qui nous survive, puisque j'ai revu tous les êtres que j'ai aimés éperdument. Et je leur ai parlé. Là-haut, enfin quelque part au-dessus du sol, appelez ça comme vous voulez, j'ai même écrit une chanson. Je peux vous la restituer avec toutes ses rimes. La fredonner aussi. Si ça, ce n'est pas une preuve que je ne déraisonne pas !

J'ai peur du grand silence
Je m'offre une dernière danse
Et mon âme se balance
De souvenirs en souvenirs
Mais où est donc mon avenir ?

Des visages familiers
Dans un grand défilé
Me murmurent de rester
Mais quelle étrange mélopée
J'entends les notes se bousculer
Que ces heures intérieures

Jamais ne meurent
Elles m'ont conduite à moi
Et je n'en reviens pas
De cette furieuse envie
De dévorer la Vie
Maintenant et ici

Plus de matins chagrin
De si loin je reviens
Je connais la distance
Qui sépare le rêve de l'ange
Un tel voyage ça vous change

Le doc' écoute attentivement mon récit, mais il est sceptique. Et embarrassé. Je peux le deviner à son expression dubitative. Il a besoin de s'abriter derrière des explications scientifiques. Il est dans son rôle, sans doute.

— Les patients, vous savez, sont souvent frappés d'hallucinations, et cela s'explique très bien. Quand le cœur s'arrête, le corps libère une grande quantité d'endorphines, de dopamine et de sérotonine, les hormones du plaisir qui sont à l'origine de perceptions étranges. Des visions, des apparitions qui n'ont aucune réalité concrète. Vous comprenez ce que je dis ?

Oui, je comprends très bien ce que vous dites. Parfaitement même. Vous insinuez que j'ai rêvé, que tout cela est le fruit de mon imagination, de ma folie peut-être.

Doc', vous êtes nul. Et très mal renseigné. Vous n'avez aucun sens de la poésie et l'esprit résolument obtus. Vous ne savez pas. Et vous me mettez le bourdon avec vos acronymes. Dans le grand album de mes souvenirs, vous trouvez ça opportun le titre « EMI : shoot d'hormones », à côté de mes autres photos – « Splendeurs du Vietnam », « Parfums de Provence », « Jardins japonais ».

J'ai changé d'avis. Je ne veux pas vous revoir. Inutile de repasser demain. En dix minutes, vous avez montré votre manque de sensibilité et vous m'avez plongée dans une solitude dont je me serais volontiers préservée. Si, à vous, je ne peux pas raconter mon voyage sans passer pour une illuminée, avec qui vais-je pouvoir le partager ?

J'ai rassuré Maman. Je lui ai dit de m'attendre. Dans moins de soixante-douze heures, je serai à Paris. Inutile qu'elle fasse un voyage fastidieux. Et puis Pablo arrive.

Je l'espère comme le Messie.

Avec la fébrilité d'une jeune fille en proie à ses premiers émois.

Avec l'impatience d'occuper chaque recoin de notre vie.

Prête à me marier en blanc s'il insiste.

Prête à habiter notre histoire.

Cette ardeur qui ne me quittera plus. Elle était là depuis longtemps, mais il fallait qu'elle prenne toute la place. Je n'ai jamais versé dans la demi-mesure.

Je me suis réveillée ce matin, repue de certitudes.

Délestée de toute culpabilité.

Hier si triste, aujourd'hui si joyeuse.

Mon ciel s'est éclairci. Sans magie. Je suis allée chercher la paix sur cette nationale 7. En chemin, j'ai abandonné ma croix. Allégé mon fardeau.

Et j'ai réparé mon cœur. S'il a fallu pour cela qu'il s'arrête de battre quelques secondes, j'y vois un moindre mal. Parce que je respire, pour la première fois, depuis longtemps.

Enfin libérée. Enfin libre.

J'ai toujours détesté les mots sucrés, les mots de velours. Est-ce que cela pourrait changer ? Peut-être. Je suis d'humeur fleur bleue en cette journée ensoleillée.

Pablo, dépêche-toi, je t'attends.

Je me lève pour faire quelques pas et ranger mes affaires éparpillées dans cette chambre aux murs impersonnels, d'un blanc clinique. Mes membres sont endoloris, chaque mouvement est une supplique, mais rien n'entamera mon allégresse. Je sais qu'il me reste une épreuve à franchir avant de rentrer chez moi. Chez nous.

Aucune vérité ne peut m'ébranler plus que je l'ai déjà été.

Aucun secret révélé ne peut altérer mon unité retrouvée.

Aucune indiscrétion ne diffusera de venin dans ma conscience à vif.

J'ai repris le contrôle de ma vie. Il était temps.

J'attrape mon sac, que Stéphane a pris soin de ranger dans l'armoire avec les papiers de la Spider et le contenu de la boîte à gants. La plaque d'émail à l'effigie de saint Raphaël attire mon regard. Je la caresse du bout des doigts et je remercie Raphaël d'avoir si bien veillé sur moi, sur la voyageuse imprudente que j'ai été. Cette plaque m'a porté chance. L'antiquaire qui me l'a vendue avait raison.

Km 930

La lettre trouvée sous l'armoire de la chambre 28 de la Cour des Loges est toujours dans la pochette avant de mon sac. Elle aurait pu se perdre dans l'accident, s'envoler ou disparaître.

Elle est toujours là. Avec mon nom inscrit dessus et cette consigne : « à n'ouvrir qu'à la fin du voyage ».

C'est la fin du voyage.

Assise confortablement sur mon lit d'hôpital, je regarde par la fenêtre. Aucun nuage dans le ciel.

Ma chère Lisa, mon tendre amour,

Si un jour tu ouvres cette lettre, c'est que les choses ont mal tourné. Que je ne suis plus là pour t'empêcher de lire ces quelques mots si douloureux à coucher sur le papier. Avec ou sans moi, je savais que tu retournerais dans la chambre 28 pour exhumer nos plus beaux souvenirs. Tu as toujours été sentimentale même si tu t'en défends. J'aime cette posture, cette coquetterie qui résument si bien tes paradoxes et ta complexité. Plus je te connais, ma Lisa, et plus tu m'échappes. Il me faudrait des siècles pour faire le tour de ta vie intérieure, explorer les méandres de ta pensée, partir à la conquête de ta lumière. Or, il ne me reste que quelques mois, quelques années ? Qui sait ? Personne n'est capable de faire le moindre pronostic.

Je te demande pardon. Pardon de tout mon cœur malade, pour ce départ prématuré.

Te souviens-tu de ce petit malaise vagal à Cabourg lors de notre week-end en tête à tête ? Le médecin que j'avais consulté à l'hôtel avait recommandé une échographie cardiaque à faire, sans urgence, à Paris. J'ai donc traîné avant de voir un spécialiste et je m'en félicite. Cela m'a offert un peu de répit avant le grand tremblement de terre et un diagnostic sans appel : j'ai une double anomalie au niveau du cœur et de la valve pulmonaire avec un risque d'AVC accru de 95 %. L'opération existe, mais elle présente de gros risques pour un résultat incertain et une convalescence longue et douloureuse. Après des jours de tergiversation, j'ai décidé d'y renoncer. Et d'arrêter de boire pour ne pas faire enfler les statistiques.

J'ai aussi décidé de ne pas t'en parler. La vérité ou le mensonge par omission ? Des heures entières, j'ai pesé le pour et le contre, et j'ai choisi la seconde option... D'abord pour te protéger d'un fardeau trop lourd à porter. Pour moi, le temps est à jamais suspendu. Je me couche chaque soir sans savoir si mes yeux s'ouvriront sur ton beau visage au matin. Je me lève, la peur au ventre. J'ai voulu t'éviter ces tourments que rien n'apaise si ce n'est le bonheur immense de t'écouter respirer, de te regarder grandir et embellir.

Ensuite, parce que je voulais vivre notre histoire sans entrave, loin de la maladie qui rôde, sans lire l'angoisse dans ton regard.

Dans ton regard, Lisa, se reflète un homme beau, bon, courageux, merveilleux, prometteur. Un homme que je ne suis pas, mais que je veux approcher pour être à la hauteur de cette confiance que tu places en moi. Dans ton regard, Lisa, l'univers des possibles est infini. Tous les rêves, tous les espoirs sont permis. C'est un ailleurs, une bouffée d'oxygène, une accalmie dans la tempête. Et cela n'a pas de prix.

J'ai voulu rester ton phare dans la nuit. Ne jamais être un poids ou une angoisse. Est-ce que cela fait de moi un égoïste ? Un menteur ? Je me suis souvent posé la question.

Sauras-tu me comprendre ? M'excuser ?

Si tu lis cette lettre, c'est que je suis parti. Quels conseils pourrais-je bien te donner pour la suite ?

Avant tout, suis ton instinct. Quand tu doutes, va toujours chercher la petite voix au fond de toi, elle n'est pas facile à trouver, mais, cette voix-là ne te trompera pas, car tu es une belle personne. Fais-toi confiance.

Et puis, tiens-toi droite. Cesse de rentrer les épaules pour te cacher. Assume qui tu es. Il suffit que tu entres dans une pièce, Lisa, pour que l'air change. C'est une question d'énergie et de vibration. N'en rougis pas. Au contraire, redresse-toi. Je ne veux pas que tu deviennes une vieille dame voûtée.

Enfin, n'oublie jamais que tu es faite pour l'amour. Aime sans retenue, sans compter. Ne laisse pas ton cœur s'assécher. Si tu savais à quel point j'envie l'homme qui ne te connaît pas encore et qui aura la chance de te voir vieillir. Cet homme-là, Lisa, ne le laisse pas passer. Retiens-le, chéris-le. Il ne nous volera rien, il n'effacera rien.

Ce qui a été demeure. Que notre passion nourrisse d'autres passions.

Promets-moi de refaire ta vie. Où que j'aille, je ne trouverai de repos que si je te sais heureuse.

Ce que tu aimeras, je l'aimerai.

Ceux que tu aimeras, je les aimerai.

Ce que tu voudras, je le voudrai.

Parce que j'ai confiance en toi.

Sache que la plus belle chose qui me soit arrivée est de t'aimer. Cet amour, j'en suis sûr, ne mourra pas avec moi.

J'espère que tu pourras me pardonner. Moi, je ne suis pas sûr d'y parvenir.

Je t'embrasse tendrement dans un souffle d'éternité.

P.-S. : Ne regarde pas trop vers le ciel. Tu connais mes convictions, je doute que ce soit de ce côté-là que cela se passe… Mais je ne demande qu'à me tromper.

Raphaël, nous le savons maintenant tous les deux, tu t'es trompé. Ce vingt-neuf octobre, devant ton cercueil, dans la froideur de Saint-Germain, sous une pluie battante, je ne m'en serais pas douté, mais c'est du côté du ciel que l'horizon est infini. Que les grands esprits se rencontrent. Que les liens sont indéfectibles.

Je devrais être accablée par cet aveu, hurler d'impuissance. Au contraire, il m'inonde d'une joie nouvelle. Une décision aussi radicale force le respect et appelle le calme.

J'imagine la détresse, la solitude de Raphaël avec cet encombrant secret. Je ne peux m'empêcher d'envisager une autre histoire avec sa multitude de « et si ». « Et s'il avait choisi de se confier ? » « Et s'il s'était fait opérer ? » Mais me perdre en conjectures ne mène nulle part. Que reste-t-il à la fin ? Notre attachement, sincère, que rien n'a altéré, pas même la maladie. Raphaël a raison, si j'avais été dans la confidence, nos nuits n'auraient pas été les mêmes. Nos derniers instants non plus. J'aurais cédé à la panique, aux sirènes de la médecine. J'aurais envisagé des protocoles, des essais cliniques. Je l'aurais jeté dans les bras d'éminents spécialistes. Lui s'est jeté dans mes bras, à moi. Il est mort dans mes bras. Je l'accepte enfin. Notre amour n'en est que plus sublime.

Cette lettre sera mon talisman. Certains portent une croix, une étoile. Moi, je porterai cette lettre.

Il fait nuit à présent. L'infirmière du soir a fermé les volets. Je suis épuisée, je n'aurai aucun mal à trouver le sommeil. J'éteins le plafonnier et j'attends que mes yeux s'habituent à l'obscurité. Je cherche un rai de lumière, un repère dans la nuit, mais ma chambre est plongée dans le noir complet. Par habitude, je serais tentée de me lever et d'entrouvrir la porte ou d'allumer le cabinet de toilette. Je me sens bien, la tête sur l'oreiller. Légère.

Quelque chose a changé, sans s'annoncer.

Tout a changé.

Je n'aurai plus jamais peur dans le noir.

Je reconnaîtrais son pas au milieu d'une foule. Pablo marche dans le couloir. Dans quelques secondes, il va pénétrer dans la chambre et je vais me jeter à son cou. Embrasser le lobe de son oreille et enfouir mon visage dans ses cheveux. Il sera surpris. Il n'a pas l'habitude. Je ne suis pas très démonstrative, ce qu'il me reproche assez allègrement.

Il ralentit la cadence. Il est devant ma porte entrouverte. Pourquoi hésite-t-il ?

Il respire à quelques mètres de moi.

Il ne bouge pas.

J'entends les oscillations de mon cœur entre impatience et inquiétude. La machine reliée à mon corps par des électrodes posées sur ma poitrine les entend aussi puisqu'elle se met à biper pour indiquer une accélération du rythme. Tais-toi, la machine, tu ne sais pas faire la différence entre un cœur transporté par l'émotion et un cœur malade ?

La machine ne sait pas. Elle ne se tait pas.

L'aide-soignante entre sans frapper et vient vérifier le moniteur.

— Il faut rester un peu tranquille. Vous avez de la visite. Pas trop longtemps, monsieur. La dame doit se reposer.

Pablo se tient juste derrière elle. Je suis stupéfiée par sa pâleur et par ses tempes. Elles ont blanchi subitement. Est-ce qu'elles étaient déjà grisonnantes quand j'ai quitté Paris ? Est-ce que j'aurais pu ne pas le remarquer, à ce point centrée sur moi-même ? Je ne crois pas.

J'attends la sortie de l'aide-soignante et je tends la main à Pablo en l'invitant à s'asseoir sur le lit. Ses pupilles dansent et font vibrer l'iris de ses yeux. Ils sont beaux. Fébriles aussi.

— Qu'est-ce qui se passe ?

Pablo éclate de rire et peine à me répondre.

— Tu plaisantes ? Tu as frôlé la mort. Et tu me demandes ce qui se passe ?

Un instant, j'avais oublié. C'est déjà loin. Mais j'aime les mots de Pablo qui contrastent avec le lexique clinique du psychiatre de l'hôpital. Dans le verbe « frôler », j'entrevois de la grâce. J'imagine une ballerine qui tournoie, croise, fait des entrechats, passe tout près, sans toucher vraiment. J'ai été cette ballerine qui est allée effleurer la mort. C'est joli. Ça me va.

Frôler la mort, Pablo, c'est se réveiller avec une furieuse urgence à mordre la vie à pleines dents.

— Je suis là maintenant, je ne partirai plus jamais. Je te le promets.

— Tu avoueras quand même que ce voyage était une très mauvaise idée.

— Non, il était nécessaire. J'ai dit adieu à Raphaël. Je devais le faire. À présent, il n'y a plus que toi et moi.

Pablo garde un silence pudique. Je reconnais bien là son élégance.

Je voudrais lui raconter ce monde abstrait auquel je n'appartiens pas, mais que j'ai visité.

Lui dire qu'en une poignée de secondes j'ai enjambé des millénaires. Le passé de l'humanité, les civilisations disparues.

Lui parler de cette nationale 7, plurielle. De toutes ces routes que j'ai parcourues.

Celle empruntée avec Raphaël, il y a vingt ans.

Celle sur laquelle j'ai roulé seule pour faire mon deuil.

Et la route fantasmée durant ces deux minutes cinquante d'absence au km 930. De loin, la route la plus intéressante. Elle croise tous les chemins, mélange tous les souvenirs. Le vrai voyage est là.

Il faudra que je partage cette traversée.

Mais pas maintenant.

Quand je serai prête.

Un jour, j'écrirai la Route Bleue. Et mon roman s'intitulera *Km 930*.

Blottie dans les bras de Pablo, je savoure le bonheur simple de nos retrouvailles. Un bruit sourd m'arrache à ma rêverie. Une hirondelle a heurté la vitre de la chambre d'hôpital. Sonnée, elle virevolte avant de retrouver l'équilibre et de maintenir son vol, sur place.

Un court instant. Face à moi.

J'esquisse un sourire, mais, déjà, elle a repris la direction du ciel.

CHANSONS

Paris – Paname

Paris, si tu redev'nais Paname
Bals musettes
Et guinguettes

Les pavés retrouv'raient des quidams
Django Reinhardt
À Montmartre

Un mélodrame donn'rait l'air
De nous changer d'atmosphère

Y aurait dans nos faubourgs,
Des p'tits bistrots,
On s'parlerait d'amour,
À la Carco

Une belle pépée et sa gouaille,
Un képi qui s'encanaille

Tous les chanteurs des rues
F'raient : « Ramona »
Et les badauds perdus
Des : La, la…

Km 930

Paris, si tu redev'nais Paname
Réverbère,
D'après-guerre

Dans l'métro, on verrait des réclames,
Des poinçonneurs,
À toute heure

Doisneau enchant'rait Prévert,
Fumant sur un banc de pierre...

Même si Paris s'ra plus
Jamais Paname,
On croise dans les rues
Encore son âme

Y a sur les quais de la Seine,
Toujours des couples qui s'aiment

Même si leur musique vient
De-ci, de-là,
Ils font à chaque refrain
Des : La, la... la !

À QUOI ÇA SERT !

Aujourd'hui est le premier jour
De la vie que je choisis
J'en dessine les contours
À l'encre floue de ma folie
Avec de brûlantes envies
Je chasse les tempêtes
Je brave les interdits
Que chaque nuit
Devienne un paradis
Qu'à chaque réveil
Brille un nouveau soleil

Regarder en arrière
À quoi ça sert ?
Se dire : « j'aurais pu mieux faire »
À quoi ça sert ?
À ce jeu, on se noie, on se perd
On se trompe de prière
À quoi ça sert ?

Je vais donc tout m'autoriser
Sans entrave, sans me soucier
Sans passer à côté
Au brasier tous les préjugés
Et tous ces rendez-vous manqués
Défions l'hésitation
Et les quand dira-t-on
Je n'veux pas

Que le temps m'assassine
Je n'veux pas
Regretter l'impossible

Regarder en arrière
À quoi ça sert ?
Se dire : « J'aurais pu mieux faire »
À quoi ça sert ?
À ce jeu, on se noie, on se perd
On se trompe de prière
À quoi ça sert ?

Quand tout s'éclaire autour de moi
J'ai la fièvre de renaître
De revenir sur terre
Pour rencontrer cet autre moi
Sans renier celle d'autrefois
Abolir les frontières
Et les plafonds de verre
Maintenant j'ose
Et je savoure enfin
Maintenant j'ose
Je suis sur mon chemin

Aujourd'hui est le premier jour
De la vie que je choisis
Je rencontre celle que je veux être

Pile et Face

Côté pile, il y a
L'éclat des premiers pas
Ce qui est écrit
À l'encre de nos nuits
Les fleurs et la douceur
Petits et grand bonheurs
Les élans de nos cœurs

Écoute-moi si tu oses
Te parler d'autre chose
De ma vie en noir et rose
Embrasse mon côté face
Aime-moi pile et face

Attrape mon regard dans la glace
Dans ce face-à-face
Tu tombes pile, je fais face
Attrape mon regard dans la glace
Dansons face à face

Côté face, il y a
La recherche de soi
Les lendemains sans toi

Le chagrin sous la peau
Que la peau sous les os
La morsure des mots

Écoute-moi si tu oses
Te parler d'autre chose
De ma vie en noir et rose
Embrasse mon côté face
Aime-moi pile et face

Caresse mon regard dans la glace
Dans ce face-à-face
Tu tombes pile, je fais face
Attrape mon regard dans la glace
Dansons face à face

À jamais il y a
L'amour qu'on garde en soi
L'écho de ta voix
La lumière qui s'éteint
Une symphonie sans fin
Tu me libères enfin

Ne me dis pas non

Quand je murmure ton nom
Dans le froid de l'hiver
Accepte l'abandon
Que ton soupir se perde
Sur la plage vers la mer
Ne pense pas à hier

Ne me dis pas non
Ne me dis pas non, non, non
Non, ne me dis pas non

Lorsque la nuit tes bras
Me cherchent malgré toi
Crois-moi, je serai là
Chaque fois que tu te noies
En nous garde la foi
Ne file pas loin de moi

Ne me dis pas non
Ne me dis pas non, non, non
Non, ne me dis pas non

Je veux que tu écoutes
Les battements de ton pouls
Comme le souffle du vent
Comme le chant des amants
Comme un premier baiser
Laisse-moi te désirer

Laisse-moi te câliner
Laisse-moi tout te donner
J'ai le droit de t'aimer
J'ai le droit de t'aimer

Ne me dis pas non
Ne me dis pas non
Non, ne me dis pas non
Dis-moi oui !

Km 930

Tu es là

Que tu sois fort ou hésitant
Ami sincère, amant brûlant
Que tu sois ma raison, mon drame
Que tu sois la cendre ou les flammes
Mon désespoir, mon sanctuaire
L'obscurité ou la lumière
Que je t'attire ou te rejette
Que je t'encense ou te déteste

Tu es là à chaque pas
Dans le regard des hommes qui passent
Au fond des cours, dans chaque impasse
Tu es là
Si loin de moi
Dans mes silences tu te prélasses
Je t'aime, que veux-tu que j'y fasse

Km 930

Que tu sèmes le rire ou les larmes
Dieu que tes baisers me désarment
Surtout la nuit sans prévenir
Que tu sois rêve ou souvenir
Mon passé ou mon avenir
Avec ou sans toi, que choisir ?
Je m'en remets au destin
Il n'y a plus ni début ni fin

Tu es là à chaque pas
Dans le regard des hommes qui passent
Au fond des cours, dans chaque impasse
Tu es là
Si loin de moi
Dans mes silences tu te prélasses
Je t'aime, que veux-tu que j'y fasse

Si près de moi, si loin de moi

À quand ?
Le frisson des premiers plongeons
L'insouciance et l'abandon
À quand la lenteur du dimanche ?
À quand ?
Le poirier, à quand la planche ?
Les bouquets de lilas
Si lourds qu'ils vous tombent des bras
Les coquelicots qui ne fleurissent plus
Sur le bûcher des illusions déçues
À quand ?

Demain
Si tu y tiens
Contre vents et tempêtes
Nous partirons à la conquête
Des émotions perdues
Sans s'avouer vaincus
Nous défierons le temps
Ne serait-ce qu'un instant

Km 930

À quand ?
Le sommeil lourd des nuits sans ombre
Mon cœur que rien n'encombre
À quand le chant des vagues, sans vague à l'âme ?
Nos vies, nos vies avides de vérité
Sans se soucier d'après
À quand les cachettes au grenier ?
Mes lèvres dans le chocolat chaud
La chasse aux papillons, aux escargots
À quand ?

Demain
Si tu y tiens
Contre vents et tempêtes
Nous partirons à la conquête
Des émotions perdues
Sans s'avouer vaincus
Nous défierons le temps
Ne serait-ce qu'un instant

Maintenant et ici

J'ai peur du grand silence
Je m'offre une dernière danse
Et mon âme se balance
De souvenir en souvenir
Mais où est donc mon avenir ?
Des visages familiers
Dans un grand défilé
Me murmurent de rester
Mais quelle étrange mélopée
J'entends les notes se bousculer

Que ces heures intérieures
Jamais ne meurent
Elles m'ont conduite à moi
Et je n'en reviens pas
De cette furieuse envie
De dévorer la vie
Maintenant et ici

Plus de matins chagrins
De si loin je reviens
Je connais la distance
Qui sépare le rêve de l'ange
Un tel voyage ça vous change

Que ces heures intérieures
Jamais ne meurent
Elles m'ont conduite à moi
Et je n'en reviens pas
De cette furieuse envie
De dévorer la vie
Maintenant et ici

C'est une renaissance
Comme une deuxième chance
À tout je veux goûter
Pour le plaisir, pour la beauté
Sans jamais l'ombre d'un regret

Que ces heures intérieures
Jamais ne meurent
Elles m'ont conduite à moi
Et je n'en reviens pas
De cette furieuse envie
De dévorer la vie
Maintenant et ici

La chanson de Lisa et Raphaël

Lisa :
C'est presque la fin du jour
Le point de non-retour
Dans un roulement de tambour
Il ne reste que toi
Tout disparaît autour
Pourquoi n'ouvres-tu pas tes bras ?

Raphaël :
Je ressens chaque peine
Ton cœur bat dans mes veines
Un peu trop fort, un peu trop près
De ce dernier été
Quand nos corps mélangés
Pouvaient encore follement s'aimer

Lisa et Raphaël :
Km 930
Sur cette pente douce et lente
J'ai caressé l'éternité
Dans un dernier baiser
J'ai caressé l'éternité
En te laissant m'échapper

Lisa :
Cette lumière blanche m'éblouit
Me consume sans bruit
Je lutte contre l'apesanteur

Contre une douce torpeur
Qui me conduit enfin
Là où je t'ai cherché en vain

Raphaël :
Je pourrais te parler
De cet enfant rêvé
Qu'à regret nous n'aurons jamais
Il a ton goût du jeu
La beauté de ces cieux
Où rien, plus rien n'est douloureux

Lisa et Raphaël :
Km 930
Sur cette pente douce et lente
J'ai caressé l'éternité
Dans un dernier baiser
J'ai caressé l'éternité
En te laissant m'échapper

Le vent soufflait à peine
Emportant mes tourments et mes peines
Le ciel embrassait la mer
Si seulement
Je pouvais raconter
Ce voyage dont on ne se remet
Jamais tout à fait

Copyrights

Toutes les paroles des autres chansons sont de Valérie Fayolle, excepté *Paris-Paname* dont le texte est de Thierry Sforza.

Remerciements

À Thomas, qui m'a appris à regarder au-delà.

À Imane, dont l'expérience a enrichi mon monde imaginaire.

À Marie, pour avoir partagé avec moi les quelques minutes d'éternité qu'elle a traversées.

À Manuel, le lecteur de la première heure qui a eu la patience infinie de répondre un millier de fois à cette question insoluble : « Est-ce que tu crois que c'est crédible ? » Et bien plus.

À ma mère, qui a soutenu et encouragé toutes mes métamorphoses. À mon père, qui s'est inquiété de ces métamorphoses mais dont le regard m'a permis d'aimer les hommes éperdument.

À Michaël et à Élio, qui ont su si bien mettre en musique mes textes de chansons et les émotions de Lisa.

À Estelle, pour ses remarques pertinentes, sa confiance et sa présence.

À vous tous, qui êtes parvenus jusqu'au km 930.

Aux chimères, aux mirages, aux songes, aux divagations, aux chemins de traverse, aux sorties de route, aux voix et aux visages qui s'effacent, à tous nos ailleurs fantasmés.

Et aux fantômes qui vivent en nous.

CET OUVRAGE A ÉTÉ ACHEVÉ D'IMPRIMER SUR ROTO-PAGE
PAR L'IMPRIMERIE FLOCH À MAYENNE EN FÉVRIER 2023

N° d'impression : 102015
Imprimé en France